我的坚守

真相、透明与信任

[美]詹姆斯·科米　著
(James Comey)
乔迪　译

SAVING JUSTICE

TRUTH, TRANSPARENCY, AND TRUST

中信出版集团 | 北京

图书在版编目（CIP）数据

我的坚守：真相、透明与信任 /（美）詹姆斯·科米著；乔迪译 . -- 北京：中信出版社，2022.9

书名原文：Saving Justice: Truth, Transparency, and Trust

ISBN 978-7-5217-4559-7

Ⅰ . ①我… Ⅱ . ①詹… ②乔… Ⅲ . ①回忆录－美国－现代 Ⅳ . ① I712.55

中国版本图书馆 CIP 数据核字（2022）第 142557 号

我的坚守——真相、透明与信任

著者：［美］詹姆斯·科米

译者：乔迪

出版发行：中信出版集团股份有限公司

（北京市朝阳区惠新东街甲 4 号富盛大厦 2 座　邮编　100029）

承印者：唐山楠萍印务有限公司

开本：787mm×1092mm 1/16　　印张：16.25　　字数：154 千字

版次：2022 年 9 月第 1 版　　印次：2022 年 9 月第 1 次印刷

京权图字：01–2022–3831　　书号：ISBN 978–7–5217–4559–7

定价：69.00 元

谨以此书献给我的孩子，

以及其他所有愿意把世界变得更美好的年轻人

目录

第三部分　保护信任池 _135

第四部分　耗竭信任池 _187

概述

“联邦检察官代表的并非普通的诉讼当事人，而是代表一个主权国家，后者的义务不仅在于治理，更在于实现公正治理。”

——美国联邦最高法院，1935 年

“普京告诉我，俄罗斯有世界上最漂亮的妓女。”唐纳德·特朗普说。说这话的时候，他正坐在比尔·克林顿留在椭圆形办公室的窗帘前，2 月的黄昏在他背后洒下幽淡的光。当时，特朗普已经上任 17 天了，但白宫的装修工作还没结束。克林顿的窗帘之所以被留下来，一定是因为员工们觉得它还能凑合用，因为特朗普喜欢金色，讨厌奥巴马。我在他的办公室里，听他讲弗拉基米尔·普京对俄罗斯妓女的看法，窗帘从他亮金色头发的两侧露出来。

那时，我是联邦调查局局长，正值我 10 年任期的第 4 年。我的工作是保护美国免受其对手的侵害，俄罗斯就在其列，在某种程度上，正是它把坐在我面前的这个人送到了椭圆形办公室坚毅桌的后面。而这个人，正在联邦调查局一把手的面前，回忆他与俄罗斯的那位当权者之间肮脏下流的对话。

两个星期以前，就在距此几步之遥的地方，唐纳德·特朗普的国家安全顾问在有关其与俄罗斯人的通话内容问题上，公然对联邦调查局特工撒谎。那时，特朗普已经解雇了我的上司，时任美国司法部代理部长萨利·耶茨，美国司法部群龙无首。萨利·耶茨之所以被解雇，是因为她拒绝执行名为“穆斯林禁令”的移民行政令，当时，该政令已导致国内多个机场陷入混乱。新总统已开始攻击情报部门，联邦调查局就是其靶子之一，很快便会轮到司法部了。而当时，司法部正在调查为何会存在如此多的谎言，为何特朗普身边的人会与俄罗斯有如此多的联系。当时，对司法部及其价值观的攻击才刚刚开始，而这样的攻击会持续很多年，对这个举足轻重的国家机构造成难以磨灭的巨大损害。

美国建立国家机构的初衷就是为了寻找真相。几百年来，正义女神头戴眼罩，无论面前站的是谁，她只关心事实，寻找真相。宪法规定联邦法官终身任职，就是为了避免联邦法官会在政治压迫下揭开正义女神的眼罩，造成不公正、不客观的结果。司法部建立在这一理念之上：联邦检察官始终代表公平正义，而不是某一方的利益——最高法院也是这样解释的。司法部部长不是总统的私人律师。用最高法院前法官罗伯特·杰克森的话说，司法部部长“要对所有其他人负责，而不是对总统负责。他是美国的司法人员”。罗伯特·杰克森曾出任最高司法职务，并在二战后的纽伦堡审判中任首席检察官。

同美国一样，美国的司法部和整个司法体制在追求理想的道路上始终走得跌跌撞撞，人员与制度时常被偏见和恐惧影响，被误入歧途的热切感染，最终功亏一篑。正义的实施过程亦然。常有无辜的民众被定罪，有很多棕色和黑色皮肤的人被关进了监狱。在这个司法质量因律师好坏而不同的制度中，有很多穷人因找不到好律师而遭难。美国的司法实践中的错误实在太多了，但它唯一正确的一点，便是司法部通过几代人不懈努力建立起的真相与信誉。在过去的数十年里，尤其是自“水门事件”以来的50年中，司法人逐渐独立于各类体系之外。虽然他们依旧有着人类共同的弱点，但总归是与众不同、值得信赖的。民众相信司法人员能够处理最棘手的问题，对政客展开调查，深入处理令人痛苦的种族冲突，发现真相并告知美国人民。

若司法人不再被视为独立于民众生活的个体，社会安定将无法得到保障。若陪审员、法官、受害人、证人、社会团体和警察都将司法人视为政治势力的一部分，不再信任他们，后果将非常严重。

然而，唐纳德·特朗普与其任命的司法部部长威廉·巴尔，严重削弱了民众对司法部的信任。特朗普的能力并不出众，但当他想对被他视作威胁的人物或机构实施残酷的打击时，他所展现出来的能力实在无与伦比。然而，他如簧巧舌的第一次挫败，发生在其任期内第一位司法部部长杰夫·塞申斯在任时。尽管塞申斯有很多缺点，但他坚持了长期以来的准则。他没有安排总统想要的那些诉讼，也因其特朗普竞选团队前主要成员的身份，未参与“通俄门”调查。塞申斯被特朗普解雇之后，他的继任者威廉·巴尔对司法部长期以来坚持的价值观毫不在意。从一开始，巴尔就应和特朗普总统的想法，效仿他对司法工作的误导性描述，还对他那些私自私立的调查和起诉要求加以回应。这些举动对司法部造成了损害，而这样的损害一而再，再而三地发生：当特别委员会对总统先生展开调查时，司法部部长选择了误导民众；当司法部部长介入总统的一位朋友的案件时，他否决了职业检察官的量刑建议；在总统先生的一个政治盟友已经两次认罪的案件中，司法部部长又一次介入，试图撤诉。

如果美国想成为一个健康的国家，必须修复这样的损害。在本书中，笔者试图为完成这项至关重要的任务略尽绵力，提醒美国民众司法机构究竟应该如何运作，他们的领导人到底应该如何作为。幸运的是，我既有在民主党政府内任职的经历，也有在共和党政府内任职的经历。我曾出任联邦助理检察官及纽约南区联邦检察官，随后加入司法部工作，最后成为联邦调查局局长。我愿将我的工作经历分享出来，谈谈美国司法正义的核心价值观，探讨我们为何必须克服并修复特朗普及其亲信通过欺诈、任人唯亲、政治回报及不道德行为对国家所造成的腐蚀性损害。

加入司法部伊始，我在曼哈顿出任联邦助理检察官。在这6年的时间里，我处理了很多案件，也从我的上司和同事的身上、从我自己所犯的错误中学到了很多东西。这段经历告诉我，司法部的责任就是永远说真话，想方设法让证人说真话，还要把公平正义的重要性放在打赢官司之上。随后，我在律所做了 3 年律师。这 3 年的经历让我知道了辩护工作的困难所在，同时也让我意识到，联邦检察官并没有通常意义上的客户，他们不代表客户利益，而代表公平正义。再后来，我又回到了司法部，成为弗吉尼亚州的一名联邦助理检察官。在这 6 年多里，我依然提起各类诉讼，也从中领会到，说真话的一部分在于信守承诺，但在这期间，我的工作重心更多地放在了带领团队上，并且更关注司法部对社会产生的影响。我开始意识到，民众对司法部的信任才是一切，如果没有民众的信任，我们就无法完成至关重要的工作——维护社会安定。而为了培养民众对我们的信任，仅仅在法庭上说真话是不够的。我们必须公开透明，告诉公众我们在做些什么，我们为什么这样做。

"9 · 11"事件后，我在曼哈顿担任联邦检察官，随后成为司法部的二把手——司法部副部长。那时，我意识到保持公众信任的重中之重是确保司法决定中不掺杂任何政治因素。尽管司法部的官员都产生于政治任命——我自己就是如此，先是在纽约，然后在华盛顿——但司法工作一定要去政治化。为了保证工作效率，司法人员要被视为远离政治群体的独立个体，所有决定都要依据事实和法律做出。而为了使美国人民确信这点，我们得让他们看到我们的工作。

我出任联邦调查局局长的时候，美国的党派对立现象十分严重。因此，若想获取公众信任，向公众展示工作内容、说真话的重要性前所未有，即便我们犯了严重错误，也不能隐瞒。要想在美国建立公平正义，我们就不能站队，也不能对哪个领袖表忠心，总统也不行。

本书中的故事有成功，也有失败；有事实，也有假象；有掣肘，也有疏忽，但它们全都用血淋淋的教训告诉我们，司法系统的核心必须是真相，人治的机构必然会犯下无可挽回的错误，带来撕心裂肺的痛苦。这些故事告诉我们，要想代表美国人民，就要承担与以往完全不同的责任，因为美国人民不是一般意义上的客户；这些故事告诉我们，产生于政治任命的官员也可坚定地捍卫一个去政治化的司法部；同时也告诉我们，一旦这些官员未能履行责任，要付出什么代价。最重要的是，这些故事告诉我们，真相真实存在，我们要找到真相并将其公之于众，无论是在法庭、办公室还是在调查采访中；无论其涉及特权阶层、裙带关系还是党派信仰。

本书讲述了我们应如何重塑真相的主导地位，如何在后特朗普时代重建信任。2021 年 1 月 20 日之后，唐纳德 · 特朗普便不再担任总统。他试图削弱的司法机构必须被重新壮大，他攻击过的“真相”观念必须被修正发扬。像病毒一样，谎言一定会卷土重来——太多狡猾的人从中获得了权力和金钱，他们一定会故技重施。为此，我们要做好准备，我们的机构要变得更强大，更具适应性。这本书不是什么法律专著或历史著作，它就是为普通民众所作的，因为我们所有人都要对司法部有所了解。在这本书中，我将讨论我们为什么要这样做，以及如何做。

第一部分
什么是公正

在曼哈顿做联邦助理检察官的时候，我发现了司法部所坚持的核心价值：第一，永远说真话，告知所有真相；第二，无论证人多么抵触，也要坚持让他们说真话；第三，永远不要接你不认同的案子，发表你不认同的言论；第四，要珍视自己的权力所受到的监督和约束。归根结底，这些原则都是要我们记得：我们为谁服务。我得知道，我不代表某个调查员，不代表某个证人，不代表我的上级，甚至不代表我自己。我代表的是更大、更重要的东西——公正。美国人民期望我更关心取得公正的结果，而不是赢下手中的案子。

第一章
黄金年代

> “上帝啊，请赐我以平和，去接受不能改变的；请赐我以勇气，去改变可以改变的；请赐我以智慧，去了解二者的差异。”
>
> ——莱因霍尔德·尼布尔

骑摩托车的男人抓住一个女孩，一溜烟骑走了。女孩的妹妹尖叫着跑回家告诉妈妈，妈妈赶忙跑到两个女孩之前玩耍的路边。但街道上一片宁静，她6岁的女儿，留着齐肩棕色短发的、大眼睛的漂亮女孩，已然不见了。

陌生人绑架案并不多见，但在2016年9月14日那个星期三的下午，它就在北卡罗来纳州的威尔明顿市发生了，在市郊一条车道的尽头，一个孩子被绑架了。绑架者曾因猥亵另一名6岁儿童入狱，在北卡罗来纳州监狱服刑16年后，搬到附近居住。他带着女孩向郁郁葱葱的树林进发，途中经过一辆校车，最终驶离柏油路，驶入树林深处。但在当时，我们对此一无所知。

陌生人绑架案的死亡率很高。执法人员知道，如果不尽快找到这个孩子，她生还的可能性很小。大家开始疯狂寻找，当地联邦调查局也加入了治安官的行列。新闻媒体开始播送安珀警报[①]，许多志愿者和警官整夜都在滂沱大雨中搜寻。

第二天早上，联邦调查局总部例行召开高级职员会议。会上，主管刑事调查部门的助理局长史蒂夫·理查森告诉我，16 个小时前，有个小女孩在北卡罗来纳州被绑架了。他解释道，尽管威尔明顿市的联邦调查局人员已经熬了一个通宵，寻求了各种可能寻求的帮助，但依然没能找到这个小女孩。我们知道嫌疑人应该是一个有前科的猥亵儿童者，还有一辆摩托车，但这个案子很可能不能善终。我感叹“这是个什么世道”，并让他有新消息第一时间通知我。

两小时之后，理查森急匆匆地走进我的办公室。“找到了，”他一边说，一边把一张 8 厘米 ×10 厘米的彩色照片递给我看，“而且她还活着。”我低头看向这张大照片。那个小女孩直视着我，眼睛瞪得大大的，让人一眼就能注意到。她的小脸上有几个蚊子包，不过依然美丽，只是毫无表情，仿佛并不知道发生了什么。一根粗铁链绕过她的脖子，把她绑在一棵树上，那树距离她的头只有几厘米远。她抬起头，看着一位警官记录下她身边的场

① 安珀警报是美国的一个向全国发布失踪儿童信息的庞大系统，由政府机关、电视、广播、交通系统和科技公司等之间完全自愿合作开展。它接驳美国紧急警报系统，在确定孩子被拐带/绑架之后，会经由广播、电视、短信、高速公路显示牌、电子邮件、社交网络，甚至是彩票点、机场各种各样的渠道，把孩子和嫌疑人特征、车牌等信息传播到相关区域，寻求周边所有人的帮助。——译者注

景，其他警官用电锯割断了她脖子上的铁链。一件军用雨衣盖在了她身上，遮住了因为在大雨里与昆虫共处一夜而显得有些粗糙的皮肤。

看着这张照片，我流下了眼泪。我根本无法把目光从它上面移开。我抬起手臂，手心对着理查森，一是向他表示感谢，二是请他离开。我一句话也说不出来，而他说："长官，现在是个好世道。"他走了，我一直盯着那张照片看。我想到了那个小女孩、她的妹妹、她的父母，也想到了我自己的孩子，以及所有最终没有被找到、没能生还的孩子。

她是因为一条小线索而得救的。在滂沱雨夜的搜寻之后，一个校车司机告诉调查人员，前一天下午，他在树林边上看见一个男人骑摩托车载着一个小女孩。两位副治安官立刻采取了行动。队长肖恩·狄克森把他的汉诺威猎犬贝恩带来帮助搜查。他先让贝恩闻了闻女孩的校服和枕套，然后让它进入树林。走了 180 多米后，没带警犬的 J. S. 克鲁姆中尉最先看见了她。小女孩蜷缩成胎儿的姿势，胳膊和腿都缩进了粉色衬衫里，一条粗链子把她的脖子绑在了一棵糖橡树上。他当时觉得她肯定已经死了，一边喊住狄克森一边跑向她。"从他说话的语气和叫我名字的方式，我知道他肯定有所发现，"狄克森说，"我的心都快掉出来了。"后来，克鲁姆说，当时那个小女孩静静地躺在地上，他一碰，她就扭过头来，眼睛瞪得很大，问他是不是来带自己找妈妈的。克鲁姆的声音穿过了丛林，狄克森听到他大声喊"孩子还活着，她还活着"。

"她是我这辈子见过的最坚强的小姑娘，"狄克森说，"她只是盯着我看。我问她你冷不冷，她说冷。我一看，她浑身都湿透了，全是蚊子包。"几位警官拦下了一辆过路的承包商卡车，还借了一把充电电锯。狄克森把他的手放在树和铁链之间，克鲁姆锯断了铁链。孩子被火速送往医院，克鲁姆站在大树旁，嚎啕大哭。而现在，我正坐在办公室里，盯着照片泪流不止。

47 岁的道格拉斯·纳尔逊·爱德华兹因绑架、谋杀未遂和奸淫幼女获罪入狱。他不会再有机会伤害别的孩子了。那时，世道清正严明，而我们的工作就是保证这世道的清正严明。

我从没想过有一天我会加入司法部，我只是想获得法学学位，帮助需要帮助的人而已。但当时，我还不知道如何达成我的愿望。不过，从法学院毕业之后的第一份工作就教会了我很多东西。那时我是一名书记员，其实就是"法官助理"，只不过叫起来好听而已。当时，我为纽约南区的一位庭审法官工作，纽约南区包括曼哈顿、其他大区和北部郊区，而我的工作是花一年的时间帮助这位法官进行法律研究和写作。

书记员的工作对一个刚入行的律师来说很难得，通常只有在学校里成绩拔尖的学生才能申请到这样的职位。我毕业时的成绩还可以，但远没到拔尖的程度，所以很多法官都拒绝了我的申请。雇用我的法官约翰·M. 沃克是个新人，我毕业那年他刚刚成为一名法官。在罗纳德·里根任命他为联邦法官之前，他一直担任财政部部长助理——当时的副总统乔治·赫伯特·沃克·布什是他的堂兄。但对我来说，当时的时机正好，因为当沃克法官开始寻找他生平的第一位书记员时，那些拔尖的学生手里都已经握着大把工作机会了。说实话，他有点着急招人，我也有点着急工作，所以我俩一拍即合。在此后的几十年里，他雇的人成绩都比我好。

作为一个新人，沃克非常想干出一番事业。尽管他的履历十分出色，但还是有人说他是靠裙带关系上位的，而他竭力想改变人们的看法。沃克法官每个工作日都要在法院工作 12 个小时，每个周末至少出一次庭。如果他在办公室，我和我的同事们也必须在那里——但他总是在办公室。我那时才 25 岁，这种高强度的工作模式实在让我筋疲力尽。我们都认为他应该多出去走走，我们也应该出门走走。沃克法官 45 岁，却依旧单身。他十分英俊，身价不菲，工作又是个铁饭碗——受美国宪法保护。无论是个人条件还是外在条件，都很招人喜欢。他换上法袍出庭的时候，总会把西装外套挂在办公室里。那时候，我就会以送案件备忘录为由溜进他的办公室，从他的夹克口袋中掏出皮面日历，看他晚上是否有约。如果他有约，那我们也可以出去走走。

那年夏天有一天，沃克法官去参加一个司法培训，一整天都不在。我和我的同事在小办公室里面对面坐着。我手里捧着一本大部头的书，上面都是密密麻麻的小字。

“我们去海边吧。”我抬头说。

杰克笑了。

“我说真的呢，我们去海边吧。回我公寓拿点东西，开我的车。”当时我住在新泽西州的霍博肯，恰好在去海边小镇斯普林莱克的路上。我们和十几个朋友在斯普林莱克租了一间夏日海滨别墅。我们知道法官的日程安排，他今天不在。

“今天不去，就不知道哪天能去了。”

“你能回去取东西，我可什么都没有。”杰克说的有道理，他的公寓在哥伦比亚大学边上，不顺路，又太远了。我可以把我的短裤和衬衫借给他，但我的鞋太大了，他穿不了。

“等等，我有办法。”杰克和法官的体型差不多。我去法官的私人办公室，拿了他的运动鞋。他有时候开庭之前会穿这双鞋做一做运动。“这下咱俩都有的穿了，走吧！”

就这样，我们在新泽西海岸度过了一个非常美好的工作日，那种天气就应该出门游玩。我们在那里游泳，打篮球，在沙滩上跑步。沃克法官并没有发现。第二天早上，很早很早的时候，我就把法官的运动鞋放回了他的衣柜。

事后看来，我应该在外面拍打一下运动鞋的鞋底。几十年来，沃克法官一直很困惑，为什么他在曼哈顿温暖的晨光里穿上从未穿出过城的耐克鞋，却在办公室的深蓝色地毯上留下了沙子的痕迹。他跟秘书说过这事，秘书只是耸耸肩表示不清楚，但他从没怀疑过我们——我们真是太幸运了。

在沃克法官的职业生涯初期，他曾在纽约南区出任过联邦助理检察官。他给我们讲过那些苦乐参半的日子，说那是他做过的最棒的工作。他提到了在那里做的工作、交的朋友和办过的案子，后来再也没有那样的好日子了。他谈到他当年的工作和办公室时，泪眼蒙眬，言语中充满敬意。

直到坐在庭上观摩庭审的时候，我才真正懂得他话里的含义。确实有很多很差劲的律师，他们草率、准备不充分、迟到、狡猾，甚至无礼。但联邦检察官则不同，他们大部分都比其他律师更年轻，身姿更挺拔，扣上衣扣子更迅速，回答问题更直接。他们能在要求的期限内完成所有工作，也愿意承认自己的知识盲区。要是法官在什么地方纠正他们或是告诫他们，他们会回答“好的，法官大人”，然后就真的不再犯同样的错。

但这些人与其他人不仅仅是风格不同。我注意到法官，甚至对方律师都愿意相信他们的话。当他们描述某个事实，得出法律结论，或提出一个判例，抑或只是在电话里做出解释，法庭上的每个人都会接受他们的说法，即便他们压根不认识这些检察官。这些检察官背后有看不见的力量，让人们愿意相信他们。彼时 25 岁的我无法解释这种现象，这太神奇了。但我被这份工作深深吸引了，我想过这样的生活。在我 26 岁那年，我得到了这样的机会。在接下来的 30 年里，我出任过司法部内的各种职位，直到最后，在联邦调查局局长的任期内被唐纳德·特朗普解雇。我喜欢在司法部工作，也喜欢隶属于司法部的联邦调查局。司法部是个十分复杂的组织，由来自全美和世界各地的 10 万多人组成，包括：

- 特别探员和法警；
- 联邦检察官，他们大部分在美国 50 个州的 94 个联邦检察官办公室里工作；

- 民事律师，他们在诉讼中代表美国政府，全国各地都有；
- 分析师、科学家、律师助理、秘书、书记员、机械师、教师、警卫，以及成千上万使这个庞大的组织得以运转的其他工作人员。

这就是司法部。这些人形形色色、各不相同，但都依靠同样的东西开展工作——那是我作为一名年轻的法律工作者，与沃克法官一起出庭时感受到的，是司法部赋予他们的东西，是这些检察官第一次在法庭上起身表明自己的身份，然后说点什么之前，可能都没意识到的东西。其实，无论是在法庭上、会议室里，还是在某次野餐会上，只要他们张嘴说话就会发现，素不相识的人瞬间就会相信他们所说的话。

之所以有人相信他们，是因为他们说话时，不代表民主党，也不代表共和党。他们被视为独立于美国公众生活之外的个体，是一个个努力做正确的事情的人。我将司法部赋予他们的东西称为“信任池”，它是司法人得以履职行善的基础，是司法人的背书。信任池是由以前的司法人建立起来的，现在的司法人甚至不知道那些前辈都是谁。一代代司法人一点一滴将信誉注入其中，他们做出了牺牲，履行了为信任池做贡献的承诺。他们也会犯错，但勇于承认，他们顶着政治和特权的高压做出艰难的决定，寻求事实，依法办案。

司法部的所有员工都有义务保护信任池，一代代将其传递下去，传给那些可能并不认识也没有听说过他们的后辈。想要维护良好的信誉需要大量时间和精力，但千里之良堤，只要一个蚁穴便可一夕崩塌。维护信任池需要我们保持警惕，坚持不懈地寻求真相，并认识到司法人的行动可能会损毁这项造福无数人的长久事业。

作为一名新上任的联邦助理检察官，日后我在履行职责的过程中经受了严峻的考验，我尽力将全部真相公之于众，这比打赢任何案件都重要。

第二章
“苍蝇”其人

子曰：“君子谋道不谋食。”

——《论语·卫灵公》

特别探员阿林娜·萨瑟里奥–波拉克怀孕8个月了，因此在巷尾执行任务时，她会下意识护着肚子。10月的夜晚能够为她提供一些掩护，但她依然小心地躲在拐角处。在曼哈顿那些红砖砌成的公寓间，她双手握着武器，紧靠在墙上。她紧紧盯着小巷对面的防火梯，矮身弓背，准备随时冲出去。

与此同时，阿林娜听到带着搜查令的同事大喊，“警察！”，然后用毒品贩子的手法重重地敲了敲两间完全相同的公寓后门：8号和12号。8号是个零售店，12号是个加固过的藏匿处所。那是20世纪80年代末的纽约，干出点名堂的毒品贩子都很谨慎，也很暴力，甚至面对执法人员时也是如此。阿林娜靠墙靠得更紧了。

敲完门几秒钟后，两名男子从那个零售店里爬了出来，爬上了防火梯。阿林娜和同事大吼着让这两个人停下，而回应他们的是从上面传来的 5 声枪响。阿林娜立刻把脸紧贴在砖墙上，用一只眼睛远远眺望，目光绕过拐角去寻找上面是否有枪支的反光。突然，她感受到了砖头碎片打在脸颊上的刺痛——一颗子弹打在了她眼睛边上的砖头上。阿林娜立刻予以回击，但没打中射击者。毒贩的枪掉进了黑暗的小巷，跟在同伙身后向上爬去。她打开随身的警用对讲机通知屋顶上蹲守的几名探员。最后，这两个犯人被逮捕了。

开枪的那个人声称自己是某个酒类商店的推销员，但他说的那个商店并不存在。被捕时，他身上戴着价值 3 100 美元的珠宝，口袋里还有数百美元现金。这个人就是我出任联邦助理检察官的第一起案子中的被告之一。这起案子一共有 5 名被告，罪名分别是贩毒、非法持有枪支以及谋杀联邦探员未遂。案件被破获会让人感到兴奋，但其中还存在一些严重的问题。在纽约南区的检察官体系中，我们用一个听起来更委婉的词来形容这些问题——“争议”。

其中一个争议就与“苍蝇”有关。他是局里的线人，在突击行动前几天受命用纳税人的钱去 8 号公寓“购买”毒品——当然，他的购买行为是在监控范围内的。这是个 40 岁左右的黑人，靠给局里做线人为生。他会去一些对卧底探员来说过于危险的地方，假装自己是个吸毒者去买毒品。对他来讲，这并不需要什么演技，因为他本身就是正在戒毒的人员，平时也经常使用美沙酮，但他不会吸食这些买来的毒品，因为它们将成为刑事调查的证据。位于曼哈顿埃奇库姆大街 165 号的 8 号公寓是个危险的地方，由牙买加的一个贩毒团伙控制。在那里，有一名顾客曾被一名男子持枪强奸，随后这名男子想从防火梯逃离现场，而他的同伙正打算杀害联邦探员。他们对当地治安造成了很大威胁，联邦政府想要阻止他们的行动，所以让“苍蝇”去购买毒品。

在我办理的这个案子里，“苍蝇”买回来的毒品是证据，他本人也是重要证人。我与他当面谈过几次话，以便让他做好出庭作证的准备。“苍蝇”的真名是史蒂夫，他坚持让别人叫他“苍蝇”，但叫他哪个名字都会让我不舒服。他不是一位好证人，不过我只需要他告诉陪审团他怎么去 8 号公寓买了毒品，之后又回到车上，用探员们递给他的签字笔，把自己的姓名首字母签在装有毒品的小瓶子上。而这些小瓶子现在就装在热封袋里，上面打着证据标签。他只需要认出他的姓名首字母，我就可以把这些东西作为呈堂证供。流程到这里就结束了，他要做的只有这些。

在“苍蝇”要去作证的前一天下午，他到曼哈顿下城的联邦检察官办公室来了，坐在 7 楼接待区的蓝色仿真皮沙发上，等着我下庭回来最后一次陪他练习他的证词。那天上午，我们按照流程从办公室庞大的证据库里取出了本案的枪支和毒品证物，装在两辆金属小推车里。那天我们只推了其中一辆装有证物的小车出庭，因为在“苍蝇”出庭作证之前，不需要推那辆装有关于他的证物的小车。但因为我得在下庭之后陪他练习，所以当我离开办公室去法院的时候，那辆装有毒品的小车就停在我的办公室里，由好几位联邦探员看守着。

然后发生了两件事。第一，所有探员都以为看守证物是别人的工作，所以当他们离开我办公室的时候并没有知会彼此。第二，“苍蝇”觉得有点无聊，于是就从蓝色的仿真皮沙发上站起来溜达了一会儿，走到我办公室里想找个人聊天。于是，他和他“买”回来的那一小瓶毒品证物就这样在无人监管的情况下会面了。在那一刻，他决定不再遵守戒毒规定。他抓起那个热封塑料袋，塞进自己裤兜里，然后离开了大厦。最后，我们在拉瓜迪亚机场附近的一个小旅店里找到了他，那时他已经神志不清了。而我过了好几天才知道这件事。

当天我从法庭回来之后得知有一袋毒品证物从我的办公室里不翼而飞了。我们四处寻找都没找到，我的喉咙一阵阵发紧，因为我知道过去曾经发生过什么事情。一年多以前，在我开始在纽约南区担任美国联邦助理检察官之前不久，就有一名联邦助理检察官因盗窃毒品证物并与跟他同居的妓女共同使用而被抓获。我知道当时的检察官鲁迪·朱利亚尼对此感到非常气愤——他正在给自己规划美好未来呢。于是，他将这位联邦助理检察官铐在了大厅的椅子上。那个年轻人坐在那里哭泣，一直坐到他的庭审开庭。那个偷毒品的联邦助理检察官被判入狱 3 年，朱利亚尼要求法庭对他判处 12 年有期徒刑。

当我的上司告诉我，朱利亚尼先生那天晚上要在办公室见我的时候，我感到呼吸有些困难。朱利亚尼和他的副手都在办公室里，问我涉案毒品到底在哪里。我解释说我不知道。他们说需要我出具一份宣誓证明。我说当然可以，然后回到我办公室打印了一份证明，发誓说我绝对没有从我自己的证物袋里偷走这份毒品。当时，我勉强可以打字，但几乎无法呼吸。

我的上司让我立即将此事告知庭审法官。这件丢失的毒品是正在审判过程中的某件案子中的证物，而我之前在开庭陈述中曾经讲过让线人购买毒品的事，同时辩护律师也希望这个线人出庭作证。他们有必要了解现在的情况。所以，第二天早上，我到法院面见法官，把这件事告诉了他和辩护律师，但我没法给出解决办法，因为我自己也不知道该怎么办。好在最后，探员们在皇后区的汽车旅馆抓到了不省人事的“苍蝇”和已经撕开的、空的证据袋。这件事挽救了我的职业生涯。

在庭上，我并没有传唤“苍蝇”出庭作证，也没有提供任何他在 8 号公寓受控购买毒品的证据，同时撤销了与这些交易有关的所有指控。幸运的是，这个案子没有毁在“苍蝇”手上。

但还有一些事情要解决。

虽然“苍蝇”没有出庭作证，但另一个勇敢的年轻女子出庭作证了。她说在我们查封这个毒品贩卖点之前，她是 8 号公寓的常客。有一次，她去买毒品的时候被人用枪指着强奸了，那个强奸她的人就站在被告席上。她说的是抓捕时从窗户逃到屋顶上的那个人，不是开枪试图杀害联邦探员的那个。强奸发生后，她逃了出来，然后报了警。警察发现犯罪分子就是这两个人。当庭法官不让她继续描述被性侵的细节，因为性侵是州级犯罪，不能列入联邦起诉书，但允许她向陪审团讲述这家“生意兴隆”的零售店以及开店的两名男子。

当然，办案的几位联邦探员也都出庭作证。他们向陪审团讲述了他们在那个 10 月的夜晚的所见所闻，讲述了所有涉案证据——各种毒品、枪支以及数百发弹药。一切进展顺利，我在对陪审团做总结陈述时卖了个小聪明。

那句话不过是随口说说，真的。陪审团怎么知道枪手是个街头毒品贩子？因为他没有工作，却戴着价值 3 100 美元的首饰，身上还有几百美元的现金——都是小面额钞票。我对陪审团说："街头小贩手里一般不会有大面额钞票。"我对自己的第一次总结陈词非常满意。

我是提前演练过的。晚上下班后，我会在小客厅里踱来踱去，在我妻子面前练习。她怀着孕，坐在棕色的灯芯绒沙发上，扮演陪审员。

"挺好的，"她说，"但你为什么总是走来走去？"

"律师们都这样，"我说，"电视里不都是这么演的吗？"

"行吧，不过最好别走来走去的，看起来像个热得不行的长颈鹿。你有两米多高呢，会吓着他们的。好好站着，离他们远点。"

"天呐，听起来好严厉。"

"严厉吗？不好意思，我还是爱你的。但你还是别走来走去了。"

第二天在庭上，当我讲述被告从窗户逃到防火梯上时，我发现一位陪审员居然睡着了。我即兴发挥了一下，没有像计划的那样说被告朝探员开了 5 枪，而是说：“他从防火梯上往下看着他们，”我停顿了一下，然后喊道，“砰！砰！砰！砰！砰！”，睡觉的人霎时惊醒。

案子进展得很顺利，“苍蝇”找到了，毒品找到了，我的职业生涯也没有因此受到影响，我很高兴。当陪审团退到法官席后面的审议室里讨论时，我在庭上放松了下来。负责案件的探员悄悄走到了我身边，夸奖我工作做得很好，还问能否私底下和我谈谈。我对被告口袋里小面额钞票的解释，让他突然想起来，有点事应该告诉我。

在被告被逮捕后等待审判的这段时间里，这位探员在另一桩不相干的案子中遇到了麻烦：布鲁克林的一伙毒贩绑架了其中一个前成员的母亲，原因是他们认为她儿子背叛了他们。这伙人要这个叛徒承认自己的背叛，否则就杀了他母亲。另一个线人告诉联邦探员，他可以找到这个被绑架的女人。但线人想先拿钱。当时是星期日凌晨，他们到哪里去找钱付给线人呢？于是这名探员回到办公室，打开证物库，取出了搜查 8 号和 12 号公寓时缴获的现金，包括从屋顶上的那个枪手口袋里缴获的现金。他把这些现金付给了线人，派了一队特警去营救被绑架的女人。星期一一早，他申请到了现金，然后把钱放回了原处。

今天在法庭上听到我说枪手兜里都是小面额现金，这意味着他是个零售毒贩，他才意识到一件事：他从没注意过周末晚上他从证物库里取走的现金是多大面额的，也没注意过他放回去的现金是多大面额的。他确定总数是一样的，但他不能确定当时那个枪手兜里的现金都是1美元、5美元或是10美元的小面额现金。很有可能这些小面额的现金是他后放进去的，因为他申请到的现金是从办公室的零用现金里拿的。也有可能他替换之前，证物袋里的现金是20美元面额的，或50美元面额的。他不敢确定了，所以得来告诉我。

我只想让这件事赶紧过去。“苍蝇”的事没有影响到案子，陪审团正在商议最后决定，因为我随口说的一句话毁掉整个案子，这值得吗？无论如何那家伙都没工作，满身珠宝，身上有很多现金，还从一个毒品交易场所里走出来。联邦探员们目睹了他想枪杀联邦探员的经过。他罪有应得。谁会关心他口袋里的钱是多大面额呢？事实是，我的上司关心。当我告诉他这件事时，他让我立即告诉主审法官。我仍然可以争辩说这不重要，不需要告诉法官，但法庭需要立即知道真相。

我极不情愿地从我的办公室走到法院。法官的法庭助理告诉我，法官正在他的私人办公室里休息，他的办公室就在法官席后面，挨着陪审团审议室。我应该立刻进去。我推开了他办公室的门，那是间没有窗户的小办公室。我朝他的办公桌瞥了一眼，立刻移开了视线，为我的打扰表示歉意，然后迅速后退几步，结巴着说：“我，我一会儿再来，法官大人。”我没看太清楚，只看到了他的脚和法袍的下摆。但这已经足够了。头发灰白的法官站在办公桌后，面容严肃，穿着长长的黑色法袍，一只耳朵贴在天花板附近的通风口上。我不知道他在做些什么，或许与隔壁陪审团一点关系都没有。很可能是因为他的办公室里太热了，或是有只恼人的飞虫。他没说，我也没问。我回到联邦检察官办公室，把我看到的都告诉了我的上司。“这倒没什么，你不用想太多。但你还是得回去告诉他钱款面额的问题。我们提出的观点必须完全准确。”

没过多久我又回去了。法官正坐在桌子后面。我们俩都假装我之前没去过，我解释了钱款面额的问题和我的理由，然后请他举行一场听证会，让我们把这件事告知辩护律师，这样我就有机会证明这件事对案子并不会有什么影响。他很快打断了我，让我直接把这件事告诉辩护律师。他打算给他们机会停止陪审团的审议，让办案探员到证人席上讲讲他都做了些什么，然后向陪审团提出新的观点，再让陪审团继续审议。我从未听说过这样的做法，他太小题大做了。我认为这点小事不会对案子有什么影响，但法官显然看到了一些我没有看到的事。他打断了我的辩驳，解释说，的确，就算不做这些，审判依然是公正的，但它看起来就不那么公正了。如果不这样做的话，被告就不会有机会就他们认为重要的事情进行辩论，而陪审团需要从司法部得到全部真相。他们可以决定被告是否有罪，但前提是他们必须知道事实。

不顾我的反对，陪审团被召回了法庭。办案探员就他的所作所为进行了陈述，承认他违反了规定，并解释了这样做的原因。律师们抨击了他这段证词的可信度，并且告诉陪审团，他们不相信政府。而法官则告诉陪审团重新开始审议，从现在开始重新考虑所有的证据。12 名纽约人又回到了审议室，几个小时后回来，依然给被告定了罪。这是一场公正的审判。司法部告知了民众全部事实，尽管当时正在办理他第一个案子的 27 岁的检察官曾表示反对。从这个案子里，我学到了要讲述全部真相，只讲真相。这个案子是我向司法部建立的信任池里滴的第一滴水。

第三章
“小虾米”弗莱特

“如果看到什么不正确、不公正、不平等的事情，你有义务做些什么。”

——约翰·刘易斯

帕特里斯和我从没想过我们今后会在纽约生活。我们是在弗吉尼亚州上的大学，在一起之后，我们总喜欢畅想未来，但未来里从来不包括纽约地区，虽然我是在纽约长大的。她很清楚这一点，她也不想在纽约地区生活。我们约定，结婚之后会住在弗吉尼亚，这是我们相遇并坠入爱河的地方。我在曼哈顿为沃克法官当书记员时，她在华盛顿郊外的一所公立学校任教。我本来永远不会要求她住在纽约地区，直到我上庭时看到了司法部的检察官，然后打电话给她。

“我知道我这辈子想做什么了。”我说。

“太好了，”她说，“你想做什么？”

我对她解释了联邦检察官的工作任务，还有想成为一名联邦检察官的理由。

“听起来就是你该做的事。”她说。

“而且我想在这里做，在纽约。纽约的案件最锻炼人，而且整个城市充满活力。你也可以在这里找份工作。这里棒极了。”

她沉默了，良久没有回答。我们谈了很多次，最后她终于承认，纽约南区联邦检察官办公室的工作机会确实是我最好的机会。我告诉她这不过是个 3 年的合同，然后我们就搬家。就这样，帕特里斯搬到了纽约，找了一份工作，然后我们结婚了。

那时我们刚刚结婚，在新泽西州霍博肯市租了一个小公寓，只有一间卧室。公寓在一间自行车店楼上，临着主街，与曼哈顿只隔着一条哈得孙河。帕特里斯每天坐公交进城，再换乘地铁去她在哥伦比亚大学的办公室。我坐火车去世贸中心，然后走到我的办公地点——纽约南区联邦检察官鲁迪·朱利亚尼的办公室。朱利亚尼夸张气盛，个性张扬，让 26 岁的我兴奋不已。我花了很多年才意识到，完全专注于老板的领导文化是不健康的，在朱利亚尼的朋友唐纳德·特朗普入主白宫之后，整个国家都明白了这一点。

帕特里斯一直工作到我们的第一个孩子出生。1988 年的纽约与现在不同。那一年，纽约有 1 842 起命案，当时是历史新高——后来数量变得更多了。1988 年夏天非常炎热，已经怀孕近 9 个月的帕特里斯在曼哈顿西区 1–2–3 号地铁上被一群青少年围了起来。当时，其他乘客静静地坐着，她在看书。那群青少年嬉笑着凑过来，嘲笑她在看书，戳她的头，强迫她抬起头来，抢走了她的书，还勒索她，不给钱就不还给她。帕特里斯盯着他们，伸出手，保持着教师最大的耐心对他们一字一顿地说："请把我的书还给我。"与此同时，地铁到站，门开了。那几个年轻人嬉笑着从车上跑下去，把书扔回给她。这件事吓坏了她，也让我后怕不已。

与 20 世纪 80 年代末期许多生活在纽约地区的夫妇一样，我们最终决定远离这些混乱，帕特里斯也决定生完孩子之后不再回去工作。我们在曼哈顿以西大约 24 公里的新泽西州梅普尔伍德镇租了个三室一卫的房子——其实是半个房子。房东是个寡妇，她的几个子女都已成年，她自己住在房子的右半部分，我们住在左边。房租不高，位置距离火车站也很近，方便通勤。我作为联邦助理检察官的薪水可以养家，这样帕特里斯就可以操持家务。我们在那里住了 5 年，生了 2 个孩子，然后才搬到了弗吉尼亚。

我们搬到梅普尔伍德镇时，我还在缉毒组。当时，我们在处理亨利 · 弗莱特的案子，不怎么顺利。严格来说，弗莱特有罪，但我总觉得这个案子有蹊跷。他是和一个叫作卡洛斯 · 莫雷诺的人一起被警察逮捕并起诉的，罪名是在布朗克斯区进行毒品交易。缉毒局的两名线人从一个哥伦比亚大毒枭那里买了一千克可卡因。那个大毒枭，也就是那条大鱼没落网，只抓到了一条小鱼莫雷诺和小虾米亨利 · 弗莱特。

这件事发生在 1988 年 5 月。这名缉毒局的线人刚刚因涉毒被捕，这是他被捕后参与的第一个案子，他希望能通过这个案子换取缉毒局对他的宽大处理，最好能放了他。这名线人在弗莱特家附近遇上了他。弗莱特住的地方就在布朗克斯区，离洋基体育场不远。线人认识弗莱特的哥哥，觉得弗莱特肯定认识那些贩毒的人，但他从未与弗莱特接触过。这名线人会说西班牙语，他与弗莱特聊了很长时间，然后才说他想买点可卡因。他们俩聊了一会儿，弗莱特同意帮他牵线。第二天，就在这条街上，弗莱特给这名线人介绍了一个哥伦比亚人。弗莱特站在附近放风，这名哥伦比亚人和线人达成交易——线人从他手里购买一千克可卡因，交易地点是布朗克斯快速干道边上的一家白城汉堡店。到这里，弗莱特作为介绍人的使命已经完成。他走了。

第二天，那个哥伦比亚人和线人在白城汉堡店见面，而卡洛斯·莫雷诺带着一个棕色拉链公文包在汉堡店附近等着，公文包里装着一千克纯度达 96% 的可卡因。线人说要先检查一下这些毒品才能给他老板看，然后他老板才能付钱。于是线人和那个哥伦比亚人从餐厅停车场开车离开，接上莫雷诺，然后把车停在了街角。在后座上，莫雷诺拉开包链，递给线人一个棕色纸袋，里面装着毒品。那位线人当着莫雷诺和哥伦比亚人的面，用钥匙划开包装纸，取出里面的白色粉末看了看，他很满意，让哥伦比亚人开车送他们去他老板那里——其实等着他们的是另一个缉毒局的线人。哥伦比亚人留在了自己的车里，莫雷诺和第一个线人上了第二个线人的车。在那辆车上，这位“老板”用钥匙划开包装纸，又检查了一遍。“老板”很满意，他下了车，说是要去取后备厢里的钱付款，但其实这是给缉毒局探员的信号。缉毒小组到场后，莫雷诺把毒品扔到了前座上。莫雷诺被捕了，那个哥伦比亚毒贩开车逃走了，缉毒局的人没能抓到他，但很快，他们发现了弗莱特并实施了抓捕。

这个案子提起诉讼后转到我手里的时候，我才担任联邦助理检察官不到一年。我的工作是处理卡洛斯·莫雷诺和亨利·弗莱特的庭审，罪名是密谋贩毒并持有毒品。我认为有充分证据表明莫雷诺拿了钱帮那个哥伦比亚人跑腿，他算是深度参与了行动，否则他不会带着一千克纯可卡因在布朗克斯区的大街上闲逛，尽管莫雷诺在法庭上始终表示他并不知道袋子里是可卡因，在他的家乡哥伦比亚的卡利地区也从未听说过可卡因这个东西，他只是拿了点小钱，帮自己有权有势的同胞带了点东西而已。陪审团同意了我的指控。

弗莱特的案子有点难办，因为并没有证据表明他是哪个现行贩毒组织的成员。他之前从来没惹过麻烦。有个认识他哥哥的人来跟他搭讪，让他帮忙找个毒贩。但这件事没有录音为证，所以我们不知道线人是怎么跟他说的。弗莱特确实认识一个毒贩，所以他当了个中间人，但毒贩并不信任弗莱特，所以没让他参与贩毒。实际上，弗莱特不应该帮忙介绍，因为协助毒品交易也是犯罪，但考虑到涉案毒品的数量，我觉得判他入狱 5 年似乎有些不合理。

在了解了案件的细节后，我去找了负责这个案子的缉毒组主管，解释说在我看来，对弗莱特的起诉不太合理，他不应该被判得这么重。缉毒组的同事问我，在法律意义上是否有充分的证据支撑对弗莱特的指控，我说有。弗莱特确实帮助完成了一起毒品交易，而且他也确实知道这可能是一起毒品交易。尽管我们没有证据表明他从中获利，也没有证据表明他并没有真正参与交易，但从法律的角度来看，他参与了这次贩毒。他知道大街上有个人想买毒品，就把他介绍给了一个毒贩，这肯定是不对的。但对他的量刑，我补充道，我还是觉得不太合理。我希望能够撤销对弗莱特的指控。缉毒组的同事拒绝了我的提议。他们解释说，如果撤销，缉毒局一定会对此非常不满，因为对弗莱特的指控传递了一个非常重要的信息——谁都不应该为毒品交易提供便利。“确实，”我回应道，“但判他入狱 5 年是不是不太合适？”他无法提供能帮他争取减刑的信息，所以他得在牢里待够 5 年。缉毒组的人告诉我：“去审理这个案子吧！这就是你的工作。”当时，并没有人提到我的上司鲁迪·朱利亚尼要竞选市长，他的竞选口号之一就是严厉打击犯罪，因此要想轻判这件发生在布朗克斯区的贩毒案几乎是不可能的。但其实他们也没必要提到这一点，因为朱利亚尼的野心众所周知。我说我明白了，我会审理的。

就这样，我在陪审团面前论证了弗莱特有罪。弗莱特并没有为自己辩护，但莫雷诺作证的时候说谎了，我对他穷追猛打了一通。我不知道陪审团从我的话中了解到了什么，但最后，他们让弗莱特无罪释放了。莫雷诺被判 5 年有期徒刑，而我要求从缉毒组调出去。

其实，我本应该拒绝审理亨利·弗莱特的案子，坚持要上司放弃这个案子或者是找另一个检察官来处理。但我没有勇气，也没有意识到，不做自己不认同的事情，对司法部来说有多么重要。多年之后，我做到了当我还是一个缉毒组助理检察官的时候朱利亚尼所在的位置——联邦检察官。那时，我送给所有的联邦助理检察官一份装裱好的文书，里面写着我的前任之一——惠特尼·诺斯·西摩提出的方向与愿景。1973 年，“水门事件”使司法部的信誉大打折扣。当时他对他的助理检察官说：

> 想要做纽约南区的联邦助理检察官，就必须保持绝对正直、完全公平。要在辩护上庭时公正坦白，在准备工作中一丝不苟，决不能先入为主，也不能碰运气；而且，除非有决定性证据证明某人确实有罪，否则一定不要提起诉讼。

司法部的公诉人并不像通常诉讼中的律师那样代表一方客户的利益。多年的从业经验告诉我，私人律师有义务为客户提供最佳辩护，这事关职业道德；私人律师和律所之间的关系也与公诉人和司法部之间的关系有所不同。作为一名检察官，我所肩负的责任超越了所有案件、证人和我的同事，因为我的客户并不坐在法庭里面。我的客户是一个理念，是我们赖以生存的民主的核心思想：公正。

我出任联邦助理检察官的第一年遇到的也不都是棘手案件和道德窘境，也有一些有意思的案子加深了我对这份工作的热爱。

其中一件，便是一名重犯用牙线从曼哈顿联邦监狱 7 层越狱的案子。

那次，一个房产经纪人报警说他遇到了一件事。有个名叫迈克尔·安德森的 30 多岁的男子，自称是联邦政府雇员。但这个房产经纪人总觉得他哪里不对劲，因为这个人对自己供职的机构含糊其词，只对购买豪华公寓——曼哈顿东区一栋大楼的顶层——感兴趣。房产经纪人报了警，警察局联系了联邦调查局联合反恐小组，联合反恐小组又派了卧底探员过去。“安德森”告诉假扮成房产经纪人的卧底探员，他在国防部工作，在“与国务院联合成立的特遣小组”里办公。

几名探员以假扮国家公职人员罪逮捕了“安德森”，搜查了他的手提包，发现了很多让人瞠目结舌的武器：一把装有 10 发子弹的 9 毫米口径的 M-11 半自动手枪、枪的消音器、一把刀、烟幕弹、一个锁喉工具、好几瓶番木鳖碱和氯仿、橡胶手套、海绵和注射器。公文包里还有这栋公寓楼的平面图。在他从宾夕法尼亚租住的屋子里，联邦调查局探员还发现了炸弹、化学武器和自制神经毒气的配方。“安德森”是伊朗人，用学生签证来到了美国，但他的学生签证已经过期了，他正处于非法滞留阶段。联邦调查局的人不知道他想干什么，只知道事态很严重。“安德森”声称自己是被迫为伊朗政府效力的，但他这种说法毫无道理。

在我为了这个案子精心准备的时候，被告已经被关押在了一座 12 层高的安全级别最高的联邦监狱，这座监狱就在我位于曼哈顿下城的办公室旁边。被告不得保释，而就在离我办公室窗户几米远的地方，这个伊朗人与他的两个毒贩狱友正准备从 7 层的监室里越狱。他们先是从洗衣房偷了个熨斗上的加热元件，然后用它压在厚厚的树脂玻璃上。他们就用这个世界上最慢的喷灯在监室窗户上熔出了一个人形大小的洞，这事花了他们好几个小时。但即便如此，这也比制作绳子快多了。为了搓出一根绳子，他们偷了好多盒牙线，花了好几个晚上将这些牙线搓成长长的绳子。最后，他们做出了好几米又细又结实的绳子。他们做好了越狱准备。

有一天深夜，他们推开那扇已经被熔化的窗子，把牙线绳的一端系在监室里的管子上，另一端扔到外面，顺着窗子垂下去。一切都已准备就绪，窗子、绳子和第三个关键物品——手套。牙线做的绳子真的很结实，但很细，容易割伤手。然而，这几个人在监狱里只偷到两副工作手套——两个毒贩一人一只，伊朗人拿了一整副，因为整个计划是他想出来的。

他们三个越狱的时候有些慌乱。两个毒贩每人戴着一只手套，设法顺着绳子滑下来，落在了 3 层的一个变电站屋顶上。但伊朗人没有戴手套，调查人员后来在他的床上找到了那副手套。他顺着这条白色绳子滑了下去。调查人员后来发现了这条牙线绳，它染上了这名伊朗人的血，在距离窗子大约 3 米的地方已经开始发红，后来变成了深红色。最后，他疼得实在受不了，就松了手，重重地摔在了变电站的屋顶上，摔伤了脚踝。于是，他无法跟那两个毒贩一起翻过屋顶边缘的螺旋圈铁丝网到地面上去，而那两个人下去了之后便被执勤法警逮捕了。他被困在了变电站屋顶上，双手因肌腱被割伤而血流不止，脚踝也受伤了。

不久，几名法警把一架车载式吊车升到了屋顶上，以救下第3名逃犯。两名法警端着武器对准那个伊朗人时，他警告说不要再靠近，并宣称他手里拿着的是一小瓶番木鳖碱，要是法警试图逮捕他，他就吞下去。回答他的是法警约翰·卡夫——这是他的真名。他的回答很快就在美国执法界流传开来。他说："嘿，你想干什么就干吧！"说完，他和他的搭档就扑了过去，与此同时，伊朗人飞快地将瓶里的药倒进了嘴里。约翰和其搭档强迫他张开嘴，结果发现，那真的是一瓶番木鳖碱。

这名神秘的伊朗人伤得很重，被送往曼哈顿下城的一家医院进行手部手术。在那里，两名合同制警卫负责看管他。这两名警卫是联邦执法局返聘的原执法人员，每天都坐在他的房间里。一天，趁这两名警卫坐在椅子上睡得正香，这个伊朗人溜出了医院，他赤着脚，只穿了运动裤和T恤。法警气得够呛，当面质问两名警卫，但这两名警卫说伊朗人肯定给他们下了药。警长让他们去急诊室洗胃，结果发现他们的胃里只有橙汁和咖啡——显然，咖啡喝得还不够多。

3天过去了，我们依旧没找到那个伊朗人。不过，转机出现在他给一个熟人打电话要用西联汇款的时候。当这名逃犯走进曼哈顿西联汇款公司取钱的时候，所有员工都躲到了柜台后面，一个联邦调查局特警抓住了他，这是他第三次被捕，也是他最后一次被捕。被捕时，他浑身都很脏，脸上和脖子上都有伤口和淤青。这次被捕似乎让他松了口气。他解释说，他在离开医院后逃到了曼哈顿上城区的一个高犯罪率地区。在那里，他遭到了两次抢劫，因为没钱，每次都挨打。1988 年的纽约绝不是一个光着脚、身无分文的外国逃亡者的容身之地。

就在他受审前不久，伊朗支持的黎巴嫩恐怖分子逮捕了一名联合国维和部队的美国海军陆战队上校。被捕后，这名上校受尽折磨，最后被砍头杀害。这促使这名伊朗人的律师申请推迟曼哈顿的审判。法官否决了他的提议，他说："如果我们推迟审判，在恐怖分子停止杀害无辜的美国人之前都不开始审判的话，这样的审判将永远无法进行。"陪审团经过 6 分钟的商议，对他的 5 项罪名提出有罪判决。他被判处长期监禁，这次他再也逃不出去了。现在，联邦监狱分发的都是预先切好的牙线。我每次体检的时候，我的牙医都会让我复述一遍这个故事。

我渐渐喜欢上了这份工作。担任联邦助理检察官的第一年教会了我，我所肩负的责任超越了任何案件和任何让人为难的人。作为一名检察官，我不是被雇来打官司的律师，我代表的是正义原则，有义务去做正确的事情。我要倡导正义，而不是倡导胜利。在亨利 · 弗莱特的案子中，我违背了这个信条，我参与了一些不太正确的事情，我没有骨气来捍卫那些吸引我到司法部工作的价值观。这是一个痛苦的教训，一个我永远不会忘记的教训。然而，在我接下来的工作生涯中，这样的教训还有很多。

第四章
说谎者

“人越是狡猾，就越觉得自己不会被简单的事情迷惑。”
——费奥多尔·陀思妥耶夫斯基

每个人都会说谎，几乎每天都能遇见谎言。比如有同事问你：“嘿，最近过得怎么样？”就算你过得不怎么样，你也总会回答：“挺好的，谢谢。”为了启动某个新应用软件，你会勾选已经阅读了它的条款和条件。你告诉你妹妹你喜欢她的新文身。谎言无处不在。

领导人也说谎，而且经常说谎。但其实，是我们坚决要求他们以各种方式误导我们。比如某个候选人赢得某个政党的提名之后，我们会劝说这个候选人“向中间派靠拢”，这样才能吸引更多的选民。等等，什么？这难道不是在说，我们期待这个候选人在初选的时候说自己相信一些事物，又在大选中告诉选民他其实相信另一些事物吗？难道这不意味着他在说谎吗？

但在美国这样一个多元民主的国家里，我们认为这类谎言是不可避免的罪恶。美国的先圣之一亚伯拉罕·林肯在1860年被选为总统。当时，一些选民认为他会废除奴隶制，而其他选民认为他只会限制奴隶制继续向其他州扩张。这两件事当然不可能同时发生，但林肯却让双方都相信他们能得到自己想要的东西。最终他当选了，救国民于水火之中。

而唐纳德·特朗普在上任之后，则把说谎这件事推向了另一个高度。是的，他比美国历史上任何一位领导人说谎的次数都多，他和他的追随者做了一件极其危险的事：他们抨击真相是存在的，是可以被发现的。长期以来，美国人所奉行的检验标准是：真相切实存在，必须寻求真相，必须说出真相。我们明白领导人会发布虚假声明，但我们从未放弃用这样的标准来衡量他们。乔治·布什说，伊拉克有大规模杀伤性武器，这不是真话；奥巴马说，如果你喜欢你的医生，你可以留着他，这也不是真话。这两位总统用他们任期内剩下的时间，甚至是他们的余生来解释他们的意图、想法以及他们说出这些话的动机。他们这样做，是因为尽管美国还有很多缺点，但我们依旧相信真相是存在的，真相很重要。至少我们曾经是这么想的。

美国的缔造者们通过各方的利益冲突来建立政府体系和司法体系，目的就是为寻找真相提供最大便利。在法庭上，我们彼此辩论，交叉问询，质疑彼此的记忆、解释和观点，最终发掘出真相。而司法体系更是依赖我们的共同信念，即我们高度确信自己可以找到真相的信念。这种信心甚至会使我们基于所发现的真相而剥夺一些人的自由（有时甚至是生命），值得庆幸的是，这种情况越来越少了。司法体系并不认为真相是相对的——公说公有理，婆说婆有理，到底谁有理？的确，有一些观念和信念代表着我们个人的“真相”，但依然存在可以证实或证伪的事实，即客观真相。

从设计伊始，美国司法体系的存在便是为了寻找答案，而不是寻找观点。为了找到那个答案，司法部的人自身必须保持诚实。宣誓与承诺是整个司法体系的基石，我们庄严地承诺我们所讲述的均为亲眼所见，亲耳所闻。如果打破这一承诺，如果司法系统的参与者都采用特朗普的说话方式——他说什么就是什么——那么公正便会永远消失。为了保护公正，必须追究说谎者的责任。

这个案子非同寻常，有点像《碟中谍》里演的，它是在光天化日之下，在曼哈顿一个繁忙的街区里发生的，而且没有目击者。10 月的一个早上，曼哈顿皮草区刚刚开始一天的生意，一队蒙面持枪歹徒闯进了一家皮草经销店，这家店位于西 29 街 208 号一栋大楼的三楼，位置在第七大道和第八大道之间。几个歹徒推着空的帆布洗衣车，把店主和领班铐起来蒙住眼睛，逼他们躺在地板上。与此同时，他们将商店洗劫一空，抢走了大量水貂皮和狐狸皮，受害者们听到了车轮压在地板上的辘辘声。随后，这几个歹徒把受害者转移到空荡荡的保险库里，用厚厚的胶带把他们的手绑起来，眼睛蒙上，嘴也封上，然后带着 121 件毛皮大衣和 8 180 件皮草逃跑了。不久之后，几名受害者设法将封嘴的胶带弄掉，大声呼救。附近一家建筑公司的工人救出了他们，但劫匪们已消失得无影无踪，与之一并消失的还有巨额赃物。

整个过程毫无疑点，甚至看起来过于合理。被要求赔偿失主损失的保险公司起了疑心，于是联系了联邦调查局。当然，这也许并不会有什么结果，因为看起来，劫匪在没人看见的情况下逃走似乎不大可能，但要在合理怀疑之外证明某事没有发生，是个艰巨的任务。联邦调查局可能会调查一下，然后把案子送回保险公司，让他们走民事诉讼程序。

但这个案子被分配给了联邦调查局纽约办公室重大盗窃案调查组的一位探员。他之前在费城做过出庭律师，为人风趣幽默又有点愤世嫉俗。据他自己说，他是在联邦调查局对员工“要求还很低”的时候进入联邦调查局的。他未婚，喜欢跑步，抽烟喝酒，不愿陷入一场长期的恋爱关系中。然而，他并不逃避工作，也不会放过任何奇怪的蛛丝马迹。因此，他总觉得这件“皮草抢劫案”有些不对，最终说服了我在纽约南区联邦检察官办公室的上司开始调查这个案件，随后我的上司把它指派给了我。

在我们深入调查这个案子之后，这个皮草公司的老板提出要在刚刚开始调查的大陪审团[①]前作证，我们对此感到十分惊讶。他来到曼哈顿下城的法院，走进经过改造后供大陪审团使用的庭审现场，举起右手，承诺说真话，并且只说真话。他的律师和联邦调查局的探员都不能进入现场。屋里只有我、他、一名法庭记

① 大陪审团是英美法系国家对重大刑事案件实行类似预审的组织。美国联邦系统的法院受理的重罪案件必须经大陪审团决定起诉。——译者注

录员和大陪审团。

联邦大陪审团是一个由 23 名公民组成的机构，他们就刑事案件听取政府机构准备的证据与辩护。在美国，会有一些人被要求履行担任陪审员的义务，而大陪审团就是由联邦法官从这些人中选出来的。但通常情况下，他们会在听取公诉方陈述后，在没有法官在场的情况下秘密决定被告是否应该被起诉，也就是说，决定被告是否应被正式指控有罪。为了做出这一决定，他们经常会开展调查，让检察官代表他们发出传票，为他们提供证人和文件。如果被调查的人愿意作证，他们几乎都会同意。

当大陪审团成员觉得他们已经搜集到了相关信息，便会决定是否应该开始正式起诉程序。如果至少有 12 名大陪审团成员在“合理根据”的标准下投票决定起诉某人，这个案件就会上法庭。“合理根据”是指被告确实有可能实施犯罪行动。开庭之后，公诉人必须在超越合理怀疑的更高的标准上，证明被告有罪，而陪审团在判定某人有罪之前则必须达成一致。大陪审团制度是西方法律最古老的制度之一，数百年前由英国制定，用来限制国王的权利。其理念是：只有其他公民才能指控某人犯有严重罪行。美国的开国元勋们从英国法律中将其借鉴过来，并使其成为美国宪法的重要组成部分。

在联邦调查中，撒谎是件大事，无论是对大陪审团撒谎，还是对联邦调查局探员撒谎。这是因为美国的司法体系建立在这样一个略带神话色彩的基础上：你别无选择，只能说出真相，提供真实证据。在现实社会中，正义是一种荣誉体系，政府无法完全分辨人们是否撒谎或者瞒而不报。因此，一旦政府证实了有人在撒谎，就必须加以惩罚。这相当于给所有人释放出一个信号：对司法系统撒谎这件事的后果非常严重。人们必须畏惧对司法系统撒谎的后果，否则，司法系统将难以为继。

大多数人一度非常担心，觉得自己如果违反以上帝的名义立下的誓言，就会下地狱。这时，“上帝保佑我”这句箴言可以让证人对永恒诅咒心存恐惧。然而，宗教带来的威慑力已经从现代文化中渐渐消退了，取而代之的是对进监狱的恐惧。如果要建立一个法治国家，民众就必须害怕将自己的名字永远与某件罪案联系在一起。

那个皮草贩子站在大陪审团面前花了好几个小时详述了抢劫案的经过。如果他的陈述不真实，那么为了保护司法机构，向民众强调必须讲述事实的要求，他必须被起诉。而他的陈述看起来并不真实。

我们找到了促使他撒谎的有力的动机证据。在抢劫案发生的几个星期前，这家皮草公司的老板丢了一笔重要订单，这笔订单被一家全国知名的皮草零售店抢走了。他曾对其他人说过，这一损失对他的小公司造成了“十分严重”的伤害。我们可以肯定的是，他告诉房东他债台高筑，根本付不起房租。但这并不重要，因为他说公司很可能在10月初就倒闭了。有证据显示，在抢劫案发生前一个星期，该公司将一些皮草从工厂运走，也将一些皮草通过水路运往了佛罗里达州的工厂，但运量没有那么大，无法解释为正常商业活动。我们可以从警报记录中看到，在抢劫案发生的前一晚，店主不大对劲。这家店通常是在下午 4 点半左右关门，但那天晚上所有员工都离开之后，警报器也按照往常的时间启动了，店主又回到了店里，他先关了警报器，然后独自一人待了好几个小时。

最大的问题是，我们既找不到所谓被盗的皮草，也找不到在这次假抢劫之后店主秘密出售皮草赢利的财务证据。毫无疑问，这家公司有大量的皮草存货。如果抢劫是假的，那皮草一定运去了别的地方，只是我们不知道它们在哪儿。我们可以说这家公司在抢劫案后卖出的皮草数量略高于以往的正常水平，但这并不足以说明为什么那些还没找到的皮草引发了合理的怀疑。

在听取证据后，大陪审团认为店主的证词很可能是谎言。最后，大陪审团决定对店主和领班提起诉讼。这样，这个案子的最终归属便取决于我们是否能让陪审团相信，那天早上根本没有发生抢劫，这个皮草店的店主和领班在撒谎。但如果陪审团对我们的辩护有所怀疑，店主和领班就可以逃脱法律的制裁。因此，我们开始对那天早上能否出现劫匪这件事进行分析，将其出现的窗口缩到最小，直至两人无法对其做出合理解释。

涉案的大楼里没有监控摄像头，但警报公司的记录表明，皮草店店主及其领班于案发当天早上 6:48 进入大楼三层。纽约警察局的记录显示，救援人员在早上 7:26 拨打了 911。店主在大陪审团面前的证词是：5 名劫匪至少是在解除警报几分钟后才进入保险库的，他们花了点时间强行突入，而在店主挣扎着想起保险库密码后，又花了更长时间才打开保险库。受害者表示，他们又等了5分钟才大声呼救。在整个抢劫过程中，每个受害者身边都有一名劫匪，而剩下的3名劫匪每个人负责搬运数百磅皮草。这意味着劫匪最多只有20多分钟的时间把三层的存货全都搬到街上，而搬动这些皮草需要运输工具，比如受害者们声称他们看到的洗衣车。

除了这两个人，没有其他人看到这批劫匪，但按理说应该存在其他目击者。三层除了皮草店，还有一个建筑公司。建筑公司的一名员工早上6:30从大楼前门进入，乘坐唯一一部客梯到达三层。他走到位于皮草店对面的建筑公司，建筑公司的门对着大厅，而他的一个同事已经到了。为了通风，这两个人整个上午都把通向大厅的门敞开着。

大约在早上6:30，五层一家花店的老板把车停在大厦门前，沿着街区走到附近的花卉市场。路上，他遇见了一名正要去上班的员工。这名员工回忆说，早上6:45左右，他遇见了他的老板，然后走进大厦，坐客梯上了五层。大楼里只有一部客梯，一部货梯。货梯晚上便会上锁，而这时候依然是锁着的。他开始装花篮，准备通过客梯运下去。

早上6:48，皮草店主及其领班走进店里，关了警报系统。6:50，花店的员工把客梯叫到五层，挡着电梯门往里放花篮。6:55，花店老板从花市回来，从大堂电梯门上亮着的数字看到电梯在五层，便进入大厦的内部楼梯。这个楼梯只能从大厅进入。他爬上了五层。

从6:50到7:15，花店的员工往大厅运了两次花，使用的都是客梯。他回到楼上时，第一批花篮就放在大厅里，几乎占满了这个不太大的空间。7:10，大厦管理员进入大厅。他等着客梯下来，然后帮花店员工把鲜花搬到大厅里。管理员与花店员工一起乘坐电梯回到五楼，然后管理员去办公室吃早餐。7:15，花店员工回到大厅，花了五分钟把花搬进老板之前停在大厦前面的货车里。花店老板在 7:20 与他会合，然后他们开车离开，开始送今天的货。街对面的停车场里有一座四面有窗的小屋，里面坐着一位停车场管理员，但他那天早上并没有发现任何异常。

大约早上 7:20 左右，建筑公司——就在皮草店对面——的另一名员工来上班了。他乘电梯到了三层，走过皮草店，拐进建筑公司的大门。他刚想喝杯咖啡就听见外面有声音，随即跑出去看，然后听到皮草店店主及其领班大声呼救。他喊他的同事报警，他的同事于 7:26 打了 911，之后他们进入皮草店将两名受害人从保险库里救了出来。

他们在地上发现了领班，他的手被铐在身后，双腿被胶带缠住，眼睛和嘴巴也都被胶带蒙上了，嘴巴上的胶带留有他用保险库里的锯木桌桌腿刮蹭的痕迹。皮草店店主也被铐起来了，但方式不同。他是站着的，双手在身前被铐在保险库里的一根大柱子上。他的手与脸平齐，这让他能撕下嘴上的胶带呼救。他说那几个劫匪曾试图将他的手臂背过去铐在身后，但发现他肌肉太发达铐不上，所以只能把他的手铐在前面。他还说劫匪警告他不准撕掉嘴上的胶带，他们会在外面等着。几个劫匪走的时候没有关保险库的门，他们飞速搬走了保险库里的皮草，速度之快就好像在店里工作过很久的店员一样。最后，保险库里只留下了两件旧貂皮大衣和一件棕色的皮外套。

早上 7:55，大厦管理员离开办公室，走进五层走廊里的货梯，他并不知道下面的骚乱。他前一天晚上把货梯停在了五层，现在发现货梯锁上了。他打开了货梯门，乘货梯到达一层，打开了楼后防火梯的铁门，这条楼梯可以通往大楼的货运入口。

纽约警方和大楼经理搜查了整栋大楼，连其中一间空办公室也没放过，但没有发现任何皮草，也没有发现抢劫的证据。

我对陪审团解释说，那天早上，大楼里的人和大楼周围的人都没有看到任何异常，也没有听到什么不一样的声音。而且有证据表明，两部电梯有一部被锁在了五楼，另一部在 6:40~7:26 之间几乎一直在使用，它们都不可能被 5 个推着洗衣车的人用来搬运重达 2 000 多磅的皮草。而那天早上，楼梯间不是被锁上了就是被其他东西堵住了，无法使用。最重要的是，劫匪根本无法带着如此沉重的赃物从对面敞开的建筑公司大门口路过。建筑公司的员工听到了皮草店里发出闷闷的叫喊声，但没有听到其他的声响。

我们对这个案子很有把握，但“排除合理怀疑”的要求很高——也确实应该以高标准严要求。因此，我们需要以某种方式让陪审团知道我们确实在说真话。根据皮草店的账簿和记录，联邦调查局能够确定那天早上在那间保险库里都有哪些大衣和皮草。有了这些信息，联邦调查局走访了纽约各地的皮货商，借了足够多的皮货来复现那些据称在那天早上被盗的皮货。

在开庭前一天的深夜，一辆没有标记的白色卡车停在了位于曼哈顿珍珠街的法院侧门的外面。联邦调查局的探员持枪守着卡车，其他探员则把成架的皮草抬进法庭。庭上，经过法庭许可，探员们将观众席搬出法庭，把皮草搬进去。联邦探员一整夜都守着这些皮草，等待着陪审团的到来。

早上，陪审团终于踏进了法庭现场，屋里已经没有留给观众的地方了。整个庭审现场变成了貂皮和狐皮的海洋。堆在现场的皮毛制品就是皮草店声称被那 5 名劫匪劫走的量，劫匪要在不到 20 分钟的时间里带着这些毛皮穿过三楼大厅，下三层楼，穿过摆满了鲜花的一层大厅，走出西 29 街 208 号的大门。而且，整个过程不能被一个人看见。对方的辩护律师带了一条皮货商用来转运毛皮的皮质肩带。这种肩带看起来有点像厚皮带，四角各有一个大而锋利的钩子。在他的授意下，他的一名助手在 42 秒内将 1 365 块毛皮装在了四角上的四个钩子上。此举固然惊人，但任谁也无法忽略那位可怜的律师被压弯的脊柱和他脸上痛苦的表情。我提醒陪审团注意，那位律师一步也迈不开。他自然一步也迈不开，因为“就算是纽约巨人队[①]强壮的前锋都无法扛着这堆东西走出皮货店的大门，更别提还要下楼，再从楼下大门溜出去了……还有，如果他们用的是这种带钩子的皮带，还推洗衣车干什么？”。

由此，我们证明了这确实是一项不可能完成的任务。陪审团

① 纽约巨人队，美国著名橄榄球队。——译者注

同意了我们的想法，一致裁定被告犯有伪证罪和诈骗罪。这两个被告没有得到保险金。那时，皮草店的领班得了脑瘤，所以我同意缓刑。皮草店的老板被判入狱 3 年。说谎者必须被追究责任。

我在纽约南区联邦检察官办公室缉毒组工作的时间不长，起诉过的毒品案也不多。其间，我接手了一项由缉毒局发起的，为了防止大量海洛因从西非走私到纽约的案子。这件国际毒品交易的案子本身比布朗克斯区那个“白城汉堡店”案件更有意思，但我一直跟进这个案子，主要是因为负责案件的探员热情风趣，笑起来很有感染力。出庭的时候，他坐在我左手边第二个座位，我们中间隔着审判小组的一个重要成员——缉毒局的翻译，她会说加纳的土著语。这名翻译让我经历了一次与众不同的庭审现场，让我有机会与一名其实有点讨喜的骗子当庭对峙。

这名翻译在我耳边小声说：“阿散蒂地区的人会给每个在星期四出生的孩子起这个名字。”骗子也时不时会犯下大错误，而这就是其中一个。在这个案子中，一名来自布朗克斯区的男子因贩毒受审，他被指控是西非国家加纳的一个海洛因毒贩团伙的成员，这些人搭乘商务航班，将几千克的海洛因运往纽约地区。关键证据包括由法庭下令监听所取得的录音带，里面能听到被告安排交易的对话。我们知道录音里的人就是他，因为他的搭档指控他参与了这次交易，认识他的人也清楚地辨认出这就是他的声音，而且关键的一点是，电话是从他家里的号码拨出来的。

但他的妻子出庭作证，向陪审团解释说录音带里的人不是她丈夫，因为录音带里的人说的是阿散蒂部落的方言。她说住在他们楼上的一个男人家里没有电话，所以时不时会来借用他们的。这个男人来自加纳，是阿散蒂地区的人，而她和她的丈夫则来自加蓬，日常方言与他完全不同。他们俩都不会说阿散蒂语，所以录音带里的人不可能是她丈夫，一定是他们的邻居。

尽管我们提供了强有力的证据，但坐在庭审现场，看着这位漂亮的夫人向陪审团申辩说我们抓错了人，我还是有种不祥的预感。我该如何盘问她？难不成用阿散蒂语大喊“看你身后！”，然后看她回不回头吗？问题是，我既不会说阿散蒂语，也不会说加蓬语。

然后，她犯了一个错误。当时，她的辩护律师问她是否有孩子，显然是想博取同情。她说：“有，我有一个孩子。”

“叫什么名字？”

“他是男孩，是以他父亲的名字命名的。”

“你平时会喊他的小名吗？”

“会，我叫他‘耀’。”

“耀多大了？”

“6 岁。”

问到这里，律师开始转而询问这家人迁往美国的相关事宜，与此同时，翻译监听录音带（本案的重要证据）的政府口译员向我耳侧俯身过来，她有加纳血统，曾在那里居住过，了解加纳的传统，会说那边的语言。她对我说：“阿散蒂人会根据孩子的出生日期给孩子起小名，用来纪念上帝将孩子赐予他们的日子。但加蓬人不会这么做。他们没这个传统。”

被告的辩护律师结束了盘问，我站了起来，心脏怦怦跳。为了不把事情搞砸，也为了缓和气氛，让我自己放松下来，一开始我问了些无关紧要的问题，然后我开始发力。

“女士，你提到了你儿子叫‘耀’。他是什么时候出生的？”

“1982 年 1 月 21 日。”我根本不知道这天是星期几，但我觉得，值得赌一把。

“是星期几呢？”她的眼睛瞪大了一点，看着我，反应过来她犯了一个大错误。

“我记得是 21 日。”

“是的，你说过了是 21 日。但 21 日是星期几呢？”

“我不记得是星期几了，只记得当时很冷。”

“是的，女士，1 月是会比较冷。但那天是星期几呢？”我觉得有机会。只生过一个孩子的母亲一定会记得她的孩子是星期几出生的，何况这孩子才 6 岁。

“我不记得了。”

“是周末吗？还是工作日？”

“我不记得了。”

“你只有耀这一个孩子吗？”

“是的。”

“你只有这一个孩子，但你不记得他是在星期几出生的，是吗？”

“我不记得了。”

“你为什么给他取名叫‘耀’？”

“可能是在地铁上听到的，我们觉得挺好，就取了这个名字。”

她的回答给了我极大的自信，所以即便我并不能当场查证那天是不是星期四——那时候的手机不能上网，我手边也没有1982年的日历，我依旧追问了下去。那天一定是个星期四。

“女士，1982年1月21日是星期四，是吗？”

“我不知道。”

“你和你丈夫都是阿散蒂人，是吧？”

“不是。”

“你们阿散蒂人喜欢根据孩子在星期几出生给孩子起小名，是吗？”

“我不知道。”

“但加蓬人不会这么做，对吗？”

“是的，我们不这么做。”

“星期四出生的孩子，会被叫作‘耀’，是吗？”

“我不知道。”

“你之所以给他起名叫作‘耀’，就是因为他出生那天是星期四，对吧？”

“不，我不知道他生日那天是星期几。”

“你和你丈夫都说阿散蒂语，所以录音带里就是你丈夫的声音，是吧？”

“不，不是的。”

“我没什么要问的了，法官大人。”

我结束了盘问，坐了下来，心怦怦直跳。法官宣布休庭 5 分钟。时间很短，我平静地走出法庭，绕过走廊的角落，避开观众，撒腿开始跑。我跑下楼梯，跑到瑟古德·马歇尔联邦法院三层，飞快地跑过人行天桥，来到联邦检察官办公楼，又一步不停地跑到我认识的年资最久的联邦助理检察官的办公室。我记得她的书架上放着好几本年历，很可能是好几十本红色精装日历，书脊上用白色字体写着年份。她不在，我把 1982 年那本抽出来，哗啦啦翻到 1 月 21 日。那天是星期四。我拿着日历往回跑，快到庭审现场的时候才放慢脚步，大口大口喘气。

法官开庭了。我站起来，手里拿着那本 1982 年的日历，依旧气喘吁吁。“法官大人，我请求法庭注意，”——我停下来喘了口气——“1982 年 1 月 21 日”——又停下来喘了口气——“是星期四。”

法官看向我，他没有气喘吁吁，但也停顿了一会儿，才慢慢说道：“我知道，科米先生。我查过了。”

我坐下了。这个毒贩将会被判刑。尽管他的妻子撒了谎，但我依然纠结是否要指控她作伪证。的确，如果证人说谎却不承担后果，整个司法系统就会失去效用。但她的丈夫要坐很多年牢，让人有些不忍心再指控她有罪。她说谎是为了救自己的丈夫，而陪审团不愿意看到一个小男孩成为孤儿，我也不希望看到这样的事情。在这个案子里，对她的指控没什么意义，但不代表其他所有情况都没有意义。不是所有的案子都牵涉绝望的配偶和 6 岁的孩子。在这些案子中，有的骗子背景通天，有的骗子是总统的盟友。如果我们依然把追求真相作为司法体系的核心诉求，就必须追查这些案件。

第五章
窃听器

“如果没有约束，人类的情感绝不会服从理性和正义。”

——亚历山大·汉密尔顿

集团犯罪在纽约曾极其猖獗。天气暖和的时候，这些匪徒便会站在曼哈顿珠宝店前，让纽约所有的高端窃贼和武装劫匪能够找到他们，看看他们想买些什么，打算偷些什么东西。商谈细节的时候，这些人可能会回到屋里，但他们喜欢站在外面，悄声细语地密谋。天气冷的时候，他们便会在室内密谋，通常是打电话。在那个年代，打电话还是用固话线路——不知道生活在无线世界里的你们是否还能想象出固化线路的工作原理——但不管怎样，这给我们提供了机会。

要想窃听某人的手机，或者在他车里或办公室里装窃听器得申请许可，而且申请这个许可十分困难。这是应该的，因为这几乎是政府最直接触及宪法规定的私人权利的方式——至少在我们把自己的整个生活绑定在智能手机上之前是这样。在刑事案件中，检察官需要准备一篇冗长的宣誓声明，说明被监视者可能正在犯下一系列罪行，犯罪时处于某个地点，使用某台电话，且没有其他任何非入侵性调查手段可以获取其犯罪证据，只能实施监听。在追踪上面那些珠宝店门口的匪徒时，我们曾试图派线人进去和他们谈话，然后把谈话录下来，但他们非常警惕。3 年来，联邦探员始终在监视他们，但拍几张罪犯们站在一起的照片没什么用。我们提交了电话记录、银行交易记录和信用卡记录，但这些只能大概证明有什么事要发生，无法证明他们在策划什么行动，下一个目标是谁，即将发生在什么地点。除了申请监听他们的电话内容，没有更好的替代办法。

但为了听到他们的电话内容，我首先得写个长长的申请，列出我们目前掌握的证据，并宣誓它们真实有效，把这份申请递交给我的主管审查，然后再送到华盛顿审批。只有在完成这些之后，我才能把它交给法官，申请一份批准令。但涉案探员和我得亲自把它送到法官面前，起誓说我们所递交的信息是完整、真实、准确的。如果法官同意了我们的申请，就会批准一个为期 30 天的监听令，同时要求我每 10 天向法院递交一份关于监听进展的报告，还要说明我们已遵从干扰最小化的标准。

国家对监听有很明确的规定：探员不能监听所有电话的全部内容，只能监听每个电话的最初几秒钟，然后必须关掉监控设备和录音机，除非他们能确定——并书面记录下来——这通电话“与案件相关”，即与某个犯罪活动相关，且同时在监听令所授予的权限范围内。这些匪徒与孩子、律师、牧师乃至高尔夫球友的电话都不能监听，也不能录下来，除非你有确凿的理由相信他的孩子、律师、牧师或高尔夫球友参与了犯罪活动。与此同时，每隔 10 天必须向法官解释一次你监听这些通话的依据。

这样的规定让我们左右为难。联邦调查局的探员们坐在联邦调查局的“监听室”里，里面的线路是由电话公司复制的，能直接听到被监听者的电话。但他们却时刻处于煎熬之中。他们怕犯错，怕自己听的时间太长，也怕自己听的时间不够长。有时候，他们甚至不敢相信自己的耳朵。

匪徒们总觉得他们十分安全。马尔伯里街被称为“曼哈顿的小意大利”，甘比诺家族的头领约翰 · 戈蒂把位于马尔伯里街的拉文奈特俱乐部当作他的总部。但他知道联邦探员们知道这个地方，他们可能会申请法庭监听令来监听这里的电话，所以他会想办法避开这里。他的大部分交谈都是在外面进行的，一边走一边谈事情，甚至趴在对方耳边很小声地说话。他似乎已将家族创始人卡洛 · 甘比诺的人生信条牢牢记在心里。据说，卡洛 · 甘比诺之所以能够寿终正寝，是因为他只与几个信得过的下属谈论家族事务，而且都是在户外低声交谈，以免有人偷听。

但戈蒂和家族二把手，人称“公牛萨米”的萨尔瓦托雷 · 格拉瓦诺有个秘密据点。他们不想总待在室外，也不需要总待在室外，因为他们找了一个安全屋。联邦调查局与纽约东区（不是我这个部门）的检察官们联起手来，花了很长时间才将其攻破。在此之前，法庭授权联邦探员在黑手党总部周围安装了一些监听设备，联邦探员们从中获悉一把手和二把手要离开俱乐部，但他们并没有出现。他们去了哪里呢？1993年，联邦政府起诉约翰·甘比诺，在这件案子中，我们使用了同事们搜集来的证据，格拉瓦诺在这宗黑手党案件中作证时是这么解释的。

> “除了临街的拉文奈特，你们还考虑过将其他地方作为安全屋，以避开监听吗？”
>
> “考虑过。”
>
> “是哪里？”
>
> “就是楼上的一间公寓，原来是一个正式成员的，后来他死了。公寓归他妻子所有，不过她已经80岁了，每天在家待着。我们觉得这地方很安全，有时候就走后门上楼，去那里谈话。在那里，我们会放松一些。”

对这些黑手党人来讲，这位年迈的寡妇永远不出门这点太重要了。因为只要她不出门，联邦调查局就不能进来安装监听设备，他们在里面的时候就能放松警惕。然而，格拉瓦诺的表述不够准确，他应该说那位寡妇“几乎每天在家待着”，而“几乎”这个词带来了很大不同，因为感恩节那天，老太太出门走亲戚去了。这正是联邦调查局需要的时间空隙。纽约东区联邦检察官办公室找到曼哈顿的一名联邦法官递交了申请，授权他们在公寓里安装窃听装置。

感恩节那天夜里，联邦探员们在法庭的授权下，轻手轻脚地进入大楼，潜入那间小小的公寓。这间小公寓有两个房间，中间由一个小厨房连通起来。经过分析，联邦探员认为甘比诺家族的首领不会坐在老太太的黄铜大床上，于是把注意力集中在小客厅里。客厅里，两张米色扶手椅对面是一张棕色的半包围沙发，对面是一张玻璃咖啡桌，其中一张扶手椅旁边的架子上摆着电视、有线电视盒和录像机。这一定是他们谈话的地方。联邦探员将窃听器放进了录像机里，从录像机里扯了几根线给窃听器供电，因为他们觉得这些黑手党人不太可能一边开会一边看老电影，这会破坏电影的音效。

在法院授权窃听期间，戈蒂和格拉瓦诺只用过这个公寓 5 次，但每一次谈话都提供了毁灭性证据。他们确实很放松，我们甚至听到了戈蒂解释他刚刚发布的一项命令，即谋杀一名未对自己表现出充分尊重的帮派成员。“你知道我为什么要杀他吗？”戈蒂说，“就因为我叫他进来的时候他没进来，没别的原因。”联邦调查局在不暴露窃听事实的情况下，立刻警告了这名被盯上的帮派成员，说他的同伴可能正计划要杀他。不过他没信，于是很快就死了。

一月的一天晚上，戈蒂、格拉瓦诺和甘比诺家族的参谋兼律师弗兰克·洛卡肖聚在这间小公寓里谈论甘比诺家族的未来。录像机里的窃听器捕捉到了老太太正在播放菲尔·柯林斯 1981 年的热门单曲《今晚夜空中》的纯音乐版。这首歌特别有名，开车的人都曾手握方向盘不由自主地哼唱：“我毕生都在等待这一刻，哦，上帝。”手指还在方向盘上打拍子。

歌词确实是现实写照，因为他们即将“造就”新的黑手党人，也就是吸引新人入会。戈蒂感叹这些年加入甘比诺家族的人太少。“我想要的人不光得会杀人，”他说，“但可选的人太少了，‘好’孩子太少，前科累累的惯犯太少了。”

> 我们去哪儿找他们呢，弗兰克？不是我太悲观，是现在想招人太难了！比之前难多了！做什么都不顺……好几个星期前我就跟你说过了，现在好苗子太少了。你看看这个人，他爸爸是警察，叔叔是警察，妈妈还总找事。

他们说着这些泄气话，又看了一遍手里的名单。他们要把这个名单分发给纽约其他四个黑手党家族，宣布这些人是甘比诺家族的新成员。不过就在这时，问题出现了。

他们不知道这些新人到底叫什么名字，只能一直努力回忆这些新人的真名，比如“新泽西的汤米”或“胖唐姆”。这个问题解决后，他们又开始处理重新使用已故成员的名字的难题。从1957年到1975年，美国黑手党没有任何新成员。1957年，La Cosa Nostra[①] 因人员素质管理等原因不再吸纳新成员。时隔18年之后，各黑帮首领终于达成一致协议，每个家族要再吸纳10名新成员。1975年，格拉瓦诺与甘比诺家族的远房表亲约翰·甘比

---

① La Cosa Nostra，源自意大利西西里岛的美国黑帮。——译者注

诺一起加入了这个美国黑帮界的全明星家族。（戈蒂没有于1975年加入，因为他当时入狱了。）但在1975年之后，黑帮家族一致同意，只有当老成员过世，才会吸纳新成员。新成员需要继承过世成员的名字，各家族成员名单在各家族间共享。当然，这可是黑手党，各家族彼此欺骗，定期重复使用过世成员的名字这种事屡见不鲜，只要注意别连着两年用同一个死者的名字就行。通过窃听设备，联邦探员听到甘比诺家族的首领们正在查看现成员的名字是否能对上死去的成员的名字，确保他们这种做法不会被其他帮派发现。

整理、修改完名单之后，首领们意识到他们现在的工作太草率了，名字和昵称的笔迹不同，这显得有些尴尬。他们同意由一人重新手写一份名单，誊抄四份送给其他家族。

尽管头疼的事一大堆，但戈蒂与其他很多匪徒一样，确信自己在参与一项持久而重要的事业。他向家族的其他首领保证："只要我活着，Cosa Nostra[①] 就在。一小时以后，或是今晚过后，抑或是百年之后，就算我进了监狱，Cosa Nostra 也一直会在。"

事实的确如此。一百年后，他的话仍将存于世。他也确实进了监狱。毕竟，录像机里有个窃听器。

几年之后，我成了联邦调查局局长。我拿到了1963年10月埃德加·胡佛局长给时任司法部部长罗伯特·F. 肯尼迪的一份备

① 美国黑手党成员自称为 Cosa Nostra（意大利语，意思为"我们自己的事"），政府称他们为 La Cosa Nostra（LCN）。——译者注

忘录副本，里面申请批准对马丁·路德·金博士实施监听。这张只有一页的备忘录只有五句话，没提供任何有意义的信息，但肯尼迪的大名签在了上面，批准联邦调查局随时随地对马丁·路德·金实施监听。我把这张备忘录副本压在了我办公桌的玻璃下面。

我把这张纸留在这里，不是为了批评肯尼迪或是胡佛的做法——尽管他们的做法的确值得商榷——而是为了提醒我自己，永远要重视监督和约束的价值。胡佛肯定觉得他的做法是正义的，而肯尼迪不敢与胡佛意见相左。他们之间形成了一种动态平衡，但问题是，没有人能够验证他们的假设是否正确，没有什么机制能够监督他们的做法。每当有探员问我为什么把这张纸放在这里，我就会对他们说：为了改变未来，我们必须正视过去，不管这有多么痛苦。尤其是涉及对他人实行电子设备监控的时候，更是如此，毕竟我们的大部分生活情况、大部分隐私都存储在电子设备中。我们的行为需要接受监督、约束和限制，以免我们沉迷于自己的正确而无法自拔，最终导致权力的滥用。在我年轻的时候，我就体会到了这种监督的重要性。而多年以后，我成了联邦调查局局长，我更加清楚地看到了其在监听安全领域的价值。因为在这个领域，风险更高，影响也更深远。但更复杂的问题还要在几十年之后才能出现。

刑事案件的监听申请由负责调查的检察官和涉案探员起草，前者最终将在起诉中使用监听得来的证据，后者自始至终都是检察官的搭档。他们共同起草申请文件，一起修改、讨论、定稿。一旦他们获得了司法部内部批准——这是一个严格的程序，但涉及的审查比国家安全窃听少一些——检察官和探员就会面见联邦法官，在法官面前举起右手庄严宣誓，申请批准监听。若法官最终批准，他们就可以开展监听工作，查阅嫌疑人的电子邮件或是短信，尝试在其中找到那些刑事案件的证据。然而，一旦嫌疑人的辩护律师知道他们跟法官说了什么，从而获得了监听申请，这招就不奏效了，因为辩护律师会在开庭时抓住这点狠狠攻击。

我记得当我还是个年轻的检察官时，有前辈告诉我，刑事窃听“危险值极高”，对检察官和联邦探员来说都是如此，因为他们递交的申请表上的每一个字都是冒着生命危险写就的。我在法官面前举起右手宣誓时，的确感受到了很大的压力，如果做对了，将会获得巨大的成就感。

在我成为检察官第 3 年的 11 月，也是我 29 岁生日的前夕，我们终于被批准监听那些珠宝店匪徒的办公室电话与其大头目的家庭电话了。办案探员和我去了联邦法官的办公室，法官正在一页页仔细翻阅我们写的长长的申请，让我们俩发誓这里面的每一句话都真实、准确且完整。我们俩现在都担了责任，但这是值得的。几乎是刚装上窃听器的那刻，联邦探员就听到了让他们觉得难以置信的信息：这些匪徒似乎在委托其他劫匪帮他们行窃，还策划了抢劫行动，其中包括抢劫一家大型珠宝店。这消息实在太好了。我们不阻止他们都对不起这个好消息。

在电话里，他们并没有仔细交代抢劫珠宝店的地点和参与人员，但无可置疑的是，有大事要发生了。劫匪头子在电话里招募成员，他对某个人说：“我就在外面盯着你们。我有朋友在里面工作，你知道吧？局已经设好了。你们就把门攻下来，抢完陈列柜和金库就逃跑。”这场武装抢劫将会发生在光天化日之下，一大群劫匪会来抢东西，会涉及许多无辜的雇员。但这场抢劫会发生在何时何地，我们不知道，只知道很快就会发生。而且，我们所知的成员不多。尽管联邦调查局没有足够的证据实施抓捕，但我们不能坐等一场大型抢劫在光天化日之下发生在纽约的某个地方。而跟踪某些可能会参加抢劫的人，等着他们进入珠宝店然后逮捕他们太冒险了，因为他们有枪。无辜的人可能会因此受到伤害。而且，在一个大城市里跟踪一个人却跟不丢，这种事只有在影视剧中才会发生。

要如何阻止这场大型犯罪，并且不暴露我们正在监听他们呢？我们不可能去告诉他们“我们监听了你们老大的电话，我们盯着你们呢”。这样会浪费掉这个窃听装置，这可是我们经过几年的努力才申请下来的。但我们也不可能坐视不理。这种事没有成规可以遵循，只能随机应变。探员们想出了个好主意，而人性将其发挥至最佳效果。尽管这样做很可能会让我们最终失去起诉的机会，但探员们还是决定以团伙中最年轻的成员为突破口来达成目的。这个人被团伙中的其他人叫作“孩子”，只有 20 岁。从截获的电话来看，老大口中的“朋友”就是他，他在珠宝店里工作。几个探员打算告诉他，有人告发了他，联邦调查局现在对他们的动作一清二楚。这样吓唬他没准能让他招供，但最起码可以阻止这次抢劫。同时，联邦调查局也会部署监视组，观察这个人会做出什么事，从而使我们更好地了解这个计划。同时，这件事有可能，也只是有可能，让我们顺藤摸瓜，听到我们想听的东西。

联邦探员按计划敲开了“孩子”住处的门，告诉他联邦调查局已经知道他们打算抢劫，有人把他供了出来，他最好跟我们合作，坦白从宽现在还来得及。这个人肯定吓坏了，因为联邦探员知道他住在他姐姐家里（是监视组盯梢的时候发现的）。这个团伙的首领后来在被窃听的电话中对另一个人说：“这个该死的‘孩子’干了件该死的事。他真是胆小。”探员们确实看到他的手在发抖，但他依旧坚称自己什么都不知道，也不想跟探员们说话。于是，联邦探员们离开了。

但监视组还在，他们看着这个人办了件有欠考虑的事。他很快出了门，找了一个公共投币电话——现在已经是老古董了，但在 20 世纪 80 年代的纽约，每个街角都能见到。几分钟后，帮派的另一位重要成员出现了。这俩人又打了一个电话，这次打的是老大的座机。这对我们来讲是个重大突破，因为他们打的这部电话在我们的监听范围内。但我们也不一定能听到什么有用的内容，因为这俩人还挺聪明，他们对老大说：“我们这儿出了一点问题。你出去找个付费电话给我打回来，就打这个号码，这是个公用电话。”这个做法很聪明。如果他们这样做了，联邦调查局只能听到几秒钟的通话内容，因为在布鲁克林这个地方，即便我们知道他们会用哪部公用电话，也不可能在这么短的时间内就拿到法庭批准监听那部电话的指令。

但老大并不想出门找公用电话。因为他居住的长岛郊外附近压根没有公用电话，他得开车出去，而车被他妻子开走了。当时，手机还没发明出来。这两个人求他去找个公用电话。但他不愿意这么做。他对他们俩保证，这部电话绝对安全，“我这部电话没问题，兄弟”，他说，但两个下属依旧不肯继续。

“那就大致说一下，兄弟。”老大说。

“不行。我得把整件事都告诉你。事情很严重。”其中一个人说。

“有多严重？”

“非常严重。你觉得如果不严重，我会给你打电话吗？”

但老大依然不想出门找公用电话，他们俩只好模模糊糊地讲：“他们知道了很多事情。”

“除非他们有证据，否则什么也做不了。”老大说。

老大并不想出门，所以这俩人只好在这通电话里讲。一开始他们还讲得小心翼翼，老大提到某个参与行动的成员的时候，用代号“B 先生”来指代，他猜测执法部门之所以发现了这次行动，是因为 B 先生的电话被窃听了。这两个下属表示自己不知道 B 先生的姓氏。老大犹豫了一下，对着电话轻轻地说了一个名字。他的声音很小，但很清晰，他说的是“法乔洛”这个名字。我们有这段的录音，我听得很清楚，甚至连调大一点声音都不需要。正是这通电话让我们逮捕了 B 先生，卢凯塞犯罪家族的正式成员布鲁诺·法乔洛，以及他的亲信拉里·泰勒。根据黑手党各家族的规定，法乔洛允许甘比诺家族的人在他的地盘上实施抢劫活动，而且要从中分一杯羹。对这两个人的逮捕给他们带来了意想不到的后果。被保释后不久，他们俩就被黑帮杀害了。法乔洛的尸体在一辆车的后备厢里被发现，他嘴里塞着一只死去的金丝雀。黑手党担心他会与政府合作。泰勒也未能幸免，黑手党担心他可能会因法乔洛的死而愤恨，转而进行报复。

过了一会儿，老大又给另一个参与抢劫的成员打电话，这次用的还是被监听的那部电话。在电话里，他警告那名成员说联邦调查局已经知道了这次行动，谈话要使用模糊信息，并且告诉他，联邦调查局探员正在查他们。

在电话里，他轻声说出了"联邦调查局探员"这几个字，声音轻得像刚学走路的儿童。然后他放松下来，转而研究"内鬼"究竟是谁。他们打了一堆电话验证每一个同伙的忠诚度，最后发现，根本没有"内鬼"，这一切不过是联邦调查局在虚张声势而已。而这些电话都是用那部被监听的电话打出去的。这时，我们已经掌握了每一个参与行动的人，也有了足够证据去起诉他们。真是收获颇丰。

庭审于1991年在曼哈顿召开，当时的联邦陪审团在审判其中一些匪徒时听到了这段对话。陪审员们戴着大耳机坐在陪审席上，他们面前放着谈话的文本。他们听着其中一个人求另一人去找个投币电话，而后者命令前者"大致说一下"。等他们听到那人轻声拼出"联邦调查局探员"的时候，几乎所有陪审员都抬头笑了起来。确实是“联邦调查局探员”啊。

工作3年后，我起诉了16名被告，其中7名是一起在曼哈顿受审的。在联邦法官的监督下，我们认真仔细地工作了好几个月，取得了这些窃听记录，而它们成了案件的确凿证据。在两个月的审判中，我使用这份证据的次数不下数十次。提交这份证据后，我会站起身扣上西装扣子，然后对法官说，“检方完毕”，意思是我们已经完成了举证，到了被告辩护时间。

7名被告中，只有1名没有前科，他被大家推举出来进行辩护。这位被告走上证人席，告诉法官，他曾经想当一名律师，但最终发现自己还是更热爱宝石生意，所以被大家称为“钻石乔伊”。随后，他花了很长时间讲了个复杂的故事，说这些证人是怎样说了谎，说我们窃听到的对话实际上是在谈论一次合法行动：从一家大型珠宝店借委托销售的珠宝。他还说联邦调查局完全搞错了，他们谈话中的代号不过是一个他们觉得很敏感，但完全合法的产品，之所以要用代号，是因为一旦交易出了差错，会损害重要的商业关系。他们都是商人，担心联邦调查局会误解他们，结果很遗憾，他们确实被误解了，联邦调查局指控他们犯有敲诈勒索罪。政府机构对这种交易模式不太了解是可以理解的，但他们觉得十分痛心。

这简直荒谬。我本来打算在交叉问询中击溃他的说法，但当我看到他面不改色地说了5个小时的谎话，来回答自己和其他被告的辩护律师提出的问题时，我气坏了。对他们来说，这不过是场游戏，法庭上的每个人都知道他在说谎，包括他们的辩护律师。他们在作证前立下的誓言似乎毫无意义。就像是眨眼睛一样，立誓也只是他们不得不进行的流程。多么可笑。

等到法官叫我的时候，我登上询问台，把笔记本摊开放在面前，上面写着交叉问询的大纲。我低头看着我的第一个问题，然后顿住了，脑中闪过一个念头。我做出了一个选择，而这个选择是迄今为止我在法庭上所做出的最不合适的选择。

法官：科米先生，请开始交叉问询。

科米先生：谢谢，法官大人。先生，我不会逼你说出具体数字，但能不能请你告诉我，你大概花了多长时间才编造出你刚才讲的这个故事?

辩方律师：反对。

法官：反对有效。

法官看起来十分无奈，神情上甚至有点受伤。这个问题带有讽刺意味，有争议，而且有侮辱性。我立刻感到内疚。“我继续”，我说，然后开始进入设计好的交叉问询环节。

庭审结束后，我们觉得有必要让探员们与候补陪审员聊聊，虽然他们没有参与到讨论中去，但依旧可以帮我们看看我们是否有什么可以改进的地方，毕竟我们后面还要起诉其他匪徒。其中一名探员，就是之前办假皮草抢劫案的那个单身汉，很快就自愿申请了去采访 1 号候补陪审员。这位候补陪审员是位漂亮的女士，参选的时候就说过她是单身。他给她打了电话，正要进入语音留言时，女士接起了电话，用热情的南方口音说，她很愿意与他见面，还说“你们至少可以给我买瓶啤酒吧”。会面成果显著，这位纽约联邦探员本来很不愿意踏入长期稳定的恋爱关系，但这次他沦陷了。他与 1 号候补陪审员修成了正果，与他一生挚爱组建了家庭。

庭审结束后，过了很久，她来感谢我问了那个不合适的问题。这位前 1 号候补陪审员说，整个陪审团坐在那里听“钻石乔伊”撒了 5 个小时谎，很郁闷，最后甚至十分愤怒。当我问了那个不恰当的问题后，虽然他们当场没什么表示，但第一次休庭时，他们进了陪审团休息室就爆发出一片笑声，互相击掌，觉得我这个问题问得实在太解气了。“我很开心你喜欢这个问题，”我说，“但我还是不该这么问。”

这并不是客套话，我的确不该这么做。30 岁那年，我在那间审判室里待了 8 个星期，代表美国的公平正义，坚持称我这边的污点证人虽品行不良，但他们说的都是真话，他们揭露了被告的不良行为，这样做是正义的。然后我站起身，问了一个我明知道不该问的问题。这实在不应该。我让自己的情绪影响了自己的判断，做出了不恰当的举动。我这样做不仅是在拿自己的声誉冒险，也在拿更重要的东西——最初吸引我入行的信任池——冒险。我当时太不成熟了，没有意识到我正将这无价之宝置于险境。

第六章
“两个美国”

“如果不说出自己的真相，你就不能说出别人的真相。”

——弗吉尼亚·伍尔夫

谈话时椅子不够，得有人坐在床上，这有些尴尬。万豪酒店和希尔顿酒店的人肯定从没想过，有一天两名检察官、一名联邦调查局探员和一个金盆洗手的匪徒，会在同一间屋子里待上一整天。美国法警局负责美国联邦证人保护计划，他们不愿意花钱租会议室，因为租会议室太贵，也太显眼。这种在第三地点的会面，总要有人坐在床上，可能一坐就是一整天。

政府不允许检察官和联邦探员知道他们把证人藏在哪里。美国联邦证人保护计划有时也被称为“马歇尔项目”，它的保护措施十分严密，凡是严格遵守规则的证人，没有一个遇害的。如果证人遵守规则，他们就能安全地生活；如果我们所有人都遵守规则，我们都能安全地生活。一个黑帮成员曾经对我说，政府打击集团犯罪的力量之所在，就是能够在美国黑手党的强大势力下保障那些背叛黑帮者的安全。甘比诺家族的二把手“公牛萨米”萨尔瓦托雷·格拉瓦诺告诉我，要是哪天能杀了某个处于证人保护计划中的人，他和家族首领约翰·戈蒂会非常开心。杀死谁都行，他说，只要是处于证人保护计划中的人，谁都行，这表明政府没有足够的能力保护他们。如果一个有可能成为警方证人的人，或者是他的家人，对这个项目哪怕有一丝丝怀疑，黑帮就赢了。

证人保护计划之所以如此成功，很大程度上是因为美国幅员辽阔，可居住的地方太多了。意大利人没有这个优势。在西西里岛上，如果哪个黑帮成员决定帮政府作证，去做污点证人，将找不到任何藏身之处。西西里岛上没有安全的地方可供他藏身，而一个西西里人如果出现在托斯卡纳区或是多洛米蒂山区这样偏远的地方，就会很显眼。但在美国，到处都是有奇怪名字的人，有他国口音的人。我在曼哈顿做检察官的时候曾开玩笑说，世界上有两个美国：一个美国产生出了需要安置的污点证人，而另一个美国就是我们安置这些污点证人的地方，它很美好。

我们从来不知道这些污点证人藏在哪里，但我们可以从与他们的谈话中找到蛛丝马迹，比如有一次，一个布鲁克林黑帮成员跟我们说他的最新心头好是堪萨斯酋长队。然而，只要我们帮污点证人申请了证人保护计划，法警局就会接手。之后我们要想再见这些污点证人，就得向法警局申请一个“第三地点”，表明我们能够与他们见面的时间，但地点由法警局安排。届时，法警局会通知我们在某一天去某个特定的城市，在某个特定的酒店等着。

见面地点不是污点证人居住的城市，是个第三地点。法警局会把证人从居住地送到这里，但并不会送到我们所在的酒店。证人会待在其他地方，不会在我们所住的酒店与我们见面，也不会在他自己临时居住的地方见面。到了见面那天，法警局会告知我们另一个酒店的一个房间号，证人和法警会等在那里，他们大概率已经坐在了酒店里仅有的几把椅子上。

见面地点的选择一定有其内在逻辑，但我从来没研究明白过。有时候，法警局会让我去温暖宜人的地方，有些时候不会。我与文森特 · 迪马科的会面安排在了南达科他州的苏福尔斯。那时已经是 12 月末了，午间最高温度大约是−16℃，随后稳步下降。从我们俩的着装和心情看，我们都不在北方城市生活。我有些同情他。生活不易，对之前曾为黑帮贩毒的人来说，依旧如此。

文尼（文森特的昵称）之前是个酒席承办商，在纽约郊区经营一个婚宴场地，很受欢迎。他儿子本尼是个毒贩，暴露了行踪，陷入了危险。本尼预先从布鲁克林的黑帮那里收了一大笔钱，但没能交付毒品，因为他自己就是个瘾君子，还被南佛罗里达州的几个毒贩骗了。但没交付就是没交付，他没交付毒品，黑帮就要他的命。为了救自己的儿子，文尼开始贩毒。他答应布鲁克林的黑帮，通过接替他儿子贩毒来还钱，一定会赔偿所有损失。就这样，文尼成了罪犯。但他别无选择。他的两个儿子就是他的全部，他不能再失去一个儿子了。

5 年前，文尼有 3 个儿子。长子小文森特是他的骄傲和快乐源泉。在文尼成为毒贩的 5 年前，小文森特和本尼在家里大吵了一架。争执中，本尼拿出了一把枪，小文森特一把抓住。他们扭打在一起，四只手都抓在枪上，两人在地上滚成一团。枪走火了，本尼不动了，血从他身下流出来，而他一动不动，家里一片寂静。小文森特意识到他杀了自己的兄弟，他从本尼身下拽出枪，抵在自己头上，扣动了扳机。他死了，倒在了本尼的旁边。

本尼其实没死。纽约的救护车把他送到了医院，他从枪击中苏醒了过来，但文尼并没有从丧子之痛中恢复过来。几个月之后，他在酒店开了一间房，想服安眠药自杀。但他没能成功，被人送到了医院。后来他又自杀了一次，依旧没能成功。文尼被送到了精神病院，经过漫长的治疗，终于出院，回到了餐饮行业，一直做到本尼贩毒出事。

但文尼的贩毒事业并不成功。他第一个买家就是缉毒局的卧底探员，文尼本想从他身上赚点钱，还儿子欠下的债。但缉毒局逮捕了文尼，威胁说如果他不做缉毒局的线人，就逮捕他的儿子本尼。他同意了。虽然文尼的贩毒事业不大成功，但他在伪装成毒贩这点上颇有心得。他用缉毒局的钱修复了他与黑帮之间的关系。就这样，文尼当了两年线人，与黑手党的毒贩见面，然后把买来的毒品交给缉毒局。后来，缉毒局逮捕了约翰·甘比诺和乔·甘比诺两兄弟，把他们的贩毒集团一锅端了，而文尼则消失在了茫茫人海之中。他走的时候是独自一人，因为当他的家人知道他不是真正的毒贩之后，与他断绝了关系。他妻子说，她不想与内奸一起生活，所以文尼只能自己走。

当然，他走的时候不叫文尼，而是用了个我不知道的化名。

证人计划把他送到了谁都不认识他的地方，法警局希望他依靠之前的教育经历与合法技能挣钱维持生活。被重新安置的污点证人很难融入社会，这个问题很常见。对那些 8 年级就辍了学，靠欺负他人为生的黑帮成员来说，如果不让他们抢劫、勒索、杀人，那么他们能做的合法工作非常有限。但文尼与他们不同，他是个经验丰富的餐厅老板。他用他的新身份借钱开了一家意大利餐厅。在餐厅入口处，他装了个大大的霓虹灯牌，上面写着“文尼的店”。

文尼邀请他在法警局的监护人参加了开业典礼。法警到场后，抬头看了看餐厅门口的大牌子。

“这个得拆了。”

“什么？牌子？我已经不叫这个名字了。”

“文尼，”法警说，“只要有之前认识你的人来这里，一看见你，再看看这个牌子，他们就会知道你是谁。拆了它吧。”

文尼换了一个牌子，我至今不知道他的新名字叫什么，但我知道他的生意不错。能让污点证人藏身的那个美好的美国里的人还是很喜欢意大利美食的。

文尼和我坐在苏福尔斯市酒店的椅子上，联邦探员则坐在床上。文尼看起来憔悴极了，他的声音有些嘶哑，在窗子下面电暖气的嗡嗡声中几乎听不见。我来是为了弄清楚，他是否能出庭作证，以及他是否还记得之前在缉毒局的监督下与甘比诺家族做的那些交易。我们现在正在起诉甘比诺那些人。我得知道当他站在曼哈顿联邦法庭上盯着那些匪徒的时候，是不是还能保持镇定。

我试着跟他好好说话，试着表现出我理解他。我问他过得怎么样，他说好多了。虽然还在服用百忧解，他说，但没有记不住事情，也不想自杀了。他的生活已经稳定下来了。“我在新居住地爱上了一位美丽的女性。她对我过去的生活一无所知，她不需要知道。”

尽管我很想问问他，对方在不知道他是个被黑帮追杀的毒贩的情况下与他结婚，他们的关系是否能稳定持续下去。但眼前，有个更紧迫的问题需要问他：

“你说你结婚了？”

文尼点了点头说：“我们举办了民事婚典[①]。”

“文尼，你已经结过一次婚了。”他妻子虽然与他断绝了关系，但他们并未离婚。

“那是文森特·迪马科。我现在不是文森特·迪马科了。”

“虽然可以这么说，”我说，“但你还是你，是同一个人。文尼，任何人都不能同时与两个人结婚，这是违法的，是重婚罪。”

“但我爱她，她也爱我。”

“我不怀疑你们之间的爱情，我也很为你开心。”

我暂时放下了重婚罪的问题。在苏福尔斯市滴水成冰的冬日发生这场会面，本意是要向他展现出理解，并与他建立融洽的关系。但重婚罪的问题依然存在。

我不知道文尼住在哪里，但我知道，全美50个州里没有任

---

① 民事婚典是由政府官员或工作人员举行的非宗教的合法结婚仪式。——译者注

何一个州允许一个人同时与两个人结婚。有 19 个州允许与堂兄弟姐妹结婚，但没有任何一个州允许同时与两个堂亲结婚。我们不会举报文尼重婚，所以在某种程度上，我们算是给予了他一定的豁免权。在加入证人保护计划的时候，他承诺过不再犯罪，但他的新婚打破了他之前的诺言。

司法部有义务把证人身上的污点告诉被告及被告律师。为了让审判过程公平公正，辩护律师必须掌握所有能够削弱政府证人可信度的信息——法庭用的是“质疑”这个词。这是美国宪法第五修正案的正当程序条款。鉴于政府权力之庞大，若检察官不提供证人的污点——比如犯罪记录或其他不当行为，或是为了争取证人出庭给予他宽大处理或豁免条款，那么审判就是不公正的，不符合法定诉讼程序。而且，这项义务是单向的，辩护律师不需要将己方证人的污点告知检方。但如果考虑到政府的能量，这样做是有道理的。司法部有能力起诉罪犯，也有能力把他们关起来。正因如此，检察官要承担证明被告有罪的责任，而被告有保持沉默的权利，同时，只有检方需要揭露己方证人的秘密。

而在这个案子中，文尼的重婚行为就是一个污点。为了履行身为司法部律师的义务，我们必须把这个信息告知甘比诺兄弟的律师。

文尼吓坏了。在他出庭作证前不久，我和他在纽约见了一面，地点选在了一个由法警局管理的安全屋。我跟他说，我需要披露他重婚这件事。他的脸色一下子变了，下巴几乎掉到了胸前。我还告诉他，法警会帮他联系一位值得信赖的私人律师，这位律师会立即开始帮他办理他与第一位妻子离婚的手续。在他出庭作证之前，离婚手续必须要开始办理。他不愿抬头，也不愿跟我讲话。我把他带回纽约，逼着他出庭面对那些可怕的黑帮，这已经够糟糕了。我还强迫他讲一遍他满目疮痍、痛苦不堪的前半生，逼着他面对他曾失去的一切。最糟糕的是，我要求他公开谈论在新生活中建立的使他稳定下来的夫妻关系，还要求他用谈论罪行的口吻谈论这段感情。对此，他始终不能理解。我只能用压迫的语气说："这就是犯罪，文尼。在全美五十个州里，没有一个州允许重婚，就算那些允许近亲结婚的地方也不行。"我这么讲，是为了让他知道，这事没得商量。他犯了罪，尽管很少有人知道，陪审团可能也不在意，但这不重要。我们有必须遵守的义务：我们知道可以弹劾证人的信息，也要确保甘比诺家族的律师知道这一信息。

我对文尼解释说，我只会在他作证时简单问一下这件事，不过即便如此，辩护律师也会知道这点。如果他们想继续追问，是可以追问的。他可以解释，就像在苏福尔斯市那间寒冷的房间里对我说的那样，说他并不知道这样做是犯罪，说在经历了那么多混乱不堪，那么多犯罪和失去之后，这段新的感情让他找到了新生活。这段新感情是他新生活的基石。我当着陪审团的面问他：

"4 年前你加入证人保护计划的时候，你的家人跟你一起去了吗？"

"没有。我自己去的。"

"那时你结婚了吗？"

“结婚了。但我身边没有任何人。”

“你妻子没和你一起去吗？”

“没有，没有。”

“你加入证人保护计划之后，又与另一个女人结婚了，是吗？”

“是的。”

“你加入证人保护计划的时候，并没有与原来的妻子离婚，尽管她已经离开你了。”

“是的，我们现在正在处理离婚的事。”

在交叉问询的时候，乔·甘比诺的律师抓住了重婚罪这点，他一开口就有了收获，因为文尼根本没有抵抗，甚至可以说他被这件事打败了。

“所以你现在还没离婚，是吗？”

文尼点头，律师又问：“所以你实际上是在欺骗现在与你一起生活的女人，是吗？”

“是的，先生。”文尼叹了一口气。

他在骗她，他的爱情变成了一场骗局。辩方律师继续提问。当时，我十分同情文尼的遭遇。但与他遭受的痛苦相比，真相更为重要——其他污点证人会发现这一点。不管有多伤人，司法部都不能接受不完整的真相，司法部只能接受全部真相。如果政府不履行这一义务，司法系统就不可能是公正的。

第七章
荣誉之士

"不管真相出自何人之口，我只支持真相。"

——马尔克姆·X

婚礼队伍在刷成白色的西西里村庄蜿蜒行进，这是个重要而欢乐的场合。黑帮成员彼得罗·贝尔嫩戈的女儿罗莎就要嫁给西西里黑帮中冉冉升起的一颗新星，28 岁的弗朗西斯科·马里诺·曼诺亚。他们的婚姻由家族包办——自然是黑帮家族，而曼诺亚对此欣然接受，因为这场婚姻对他的事业有利。曼诺亚高大清瘦，头脑灵活，头发呈浅棕色且十分浓密，还长了个美人尖，是贝尔嫩戈家族的理想女婿。尽管他加入犯罪组织的时候年纪尚小，才上 8 年级，但他着实天赋异禀。在黑手党中，他盗窃、走私，还学会了将土耳其毒贩提供的吗啡提炼成雪白的西西里海洛因，正因如此，对西西里黑手党和美国黑手党来说，他是不可多得的人才。他的技术为大西洋两岸的海洛因贸易带来了数百万美元的收入。

与罗莎订婚之后，他正式与 Cosa Nostra“建立了联系”，成了正式成员和“荣誉之士”。曼诺亚手上的技能很受欢迎，很多黑帮家族都在邀请他入伙，但他最后并没有加入布兰卡乔家族——尽管他在该家族的领地出生，而是加入了圣玛丽亚·迪·杰苏家族。这个家族由斯特凡诺·邦塔特领导。邦塔特盛名在外，令人闻风丧胆，他不仅领导圣玛丽亚·迪·杰苏家族，还是统领整个西西里黑帮的委员会代表。邦塔特在曼诺亚的入会仪式上对他说，Cosa Nostra 讨厌“黑手党”这个词，他们觉得“黑手党”不过是文学作品对他们的称谓，他自己不会再用这个称呼。他现在是 Cosa Nostra（意为“我们自己的事情”）的一员，他愿意遵守帮派规定和习俗，生是帮派的人，死是帮派的魂，这才是今后的正确道路。同时，邦塔特解释说，曼诺亚不会像其他兄弟一样，分到十人小组里由组长管理，而是直接且只向他本人汇报。曼诺亚是明日之星。

但明日之星也有一些麻烦事要处理。一个女人曾站在他的婚礼现场泪水涟涟，她的眼泪从眼角流到下巴，又滴到因怀孕而隆起的肚子上。曼诺亚同罗莎·贝尔嫩戈订婚之后，又与丽塔·西蒙奇尼坠入了爱河。丽塔与黑手党没有任何关系，很快她便怀上了他们的第一个孩子。丽塔风趣、聪明、热情、活泼，曼诺亚给她的爱是他永远都不会给罗莎的。婚礼前，曼诺亚告诉了罗莎真相，告诉她自己与另一个女人坠入了爱河，那个女人还怀了他的孩子。他对罗莎说他很抱歉，但他不爱她。罗莎非常失望，但他们俩都知道已经不能回头了。曼诺亚不可能向黑手党人申请取消订婚，他是个荣誉之士，已经对另一个荣誉之士许下诺言，说会娶他的女儿。罗莎的兄弟也都是黑手党成员。他们俩的结合是家族的大事，是交易，也是惯例。婚礼现场，新婚夫妇接受了牧师的祝福，然后走出会场。

走过丽塔的时候，曼诺亚没有回头看她。他不能回头，一旦回头，他的新婚妻子就会成为寡妇，他未出世的女儿就会失去父亲。然而，尽管在好几个仪式上宣誓会忠于自己的妻子，而且不会对其他荣誉之士撒谎，他依然精心策划违背这两个誓言。

1993 年，曼哈顿的联邦法庭正在开庭。黑帮大佬约翰·甘比诺从曼诺亚手里拿到了大量提纯海洛因，而曼诺亚在法庭上解释了自己的所作所为。

“为什么你不取消与罗莎·贝尔嫩戈的订婚？”

“我是个荣誉之士。除此之外，西西里还有个十分特殊的习俗，我是说生活方式，更准确地说，应该是思考方式。在西西里，只有出现非常严重的问题时，才可能会取消订婚。谁也不可能因为爱上另一个女人，就对所有的亲人、家人和邻居们说要取消订婚。”

“你与罗莎·贝尔嫩戈结婚了吗？”

“结婚了。”

“西西里黑帮允许你们离婚吗？”

“不允许。”

“婚后你与丽塔·西蒙奇尼还有来往吗？”

“有。”

曼诺亚置办了两个家，在罗莎与丽塔和女儿中间两头跑。这样的生活持续了 5 年，随后危机出现了，他怀疑竞争对手要把这件事告诉他的老大。所以他打算先发制人。

“你从未与你的上司，也就是斯特凡诺·邦塔特谈过这件事，是吗？”

“不，说过一次。”

“你怎么说的？”

“我去见他，在其他人揭发我之前先开口承认了。斯特凡诺·邦塔特让我离开那个女人，也就是离开丽塔·西蒙奇尼，就算她是我女儿的母亲也不行。因为我结婚了，我是个荣誉之士。他让我把女儿接回来照顾，并且不再见丽塔·西蒙奇尼。”

“然后你说了什么？”

“我说谎了。我对他说‘好的’。我说谎是因为我爱丽塔。”

“也就是说，你在向他做出保证之后，依然与丽塔·西蒙奇尼有来往，是吗？”

“是的。这就是我为什么要对他说谎……为了爱情，我可以牺牲生命。”

两年后，邦塔特被杀害了。当时，他刚从自己的情妇家出来，穿过人行道，马上要走到他的防弹汽车了，多名袭击者用 AK-47 枪将其射杀了。一场关于海洛因贸易的战争由此席卷了整个黑手党，全世界有数百名荣誉之士被谋杀。而曼诺亚逃过了一劫，不仅因为他当时入了狱，还因为他掌握的提纯技术在毒品交易中价值千金。一个新老板来监狱里见他，评估他是否忠诚。这个新老板的家族与柯里昂家族结盟，而柯里昂家族正是现实生活中的胜利者，其姓氏因《教父》这部电影而声名在外。这次，曼诺亚又为爱情说了谎。随后他逃出了监狱，开始为柯里昂家族从吗啡中提炼海洛因。

5 年后，曼诺亚又被意大利警方逮捕入狱，这次他感到形势不妙。他的哥哥，另一个荣誉之士，消失了，车里的驾驶座上满是血迹。曼诺亚认为，要想让女儿平安长大，唯一的办法就是背叛黑手党，成为一名污点证人。意大利政府里终于出现了几位诚实能干的检察官，他们有能力追击黑手党。曼诺亚觉得，也许这些检察官能保住他的命，并让他过上不一样的日子。曼诺亚悄悄联系了其中一位检察官，和他单独见了一面。只过了几个星期，黑手党散布了一条骇人听闻的消息：曼诺亚的母亲、姐姐、姑姑、叔叔和表亲都被无情地杀害了。

这件事激起了曼诺亚的复仇之心。

“有时候我也怕。”说这话的时候，曼诺亚眼含悲伤，黑眼圈很明显。他吐出了一口烟。我和帕特里克·菲茨杰拉德——我在这个案子中的搭档，以及一位联邦调查局探员坐在他对面。法警给我们找的这家酒店是可以抽烟的。美国政府把曼诺亚、丽塔和他们的女儿带到了美国，并把他们藏了起来。罗莎·贝尔嫩戈留在了西西里岛。现在，我们需要他出庭作证，说明他为黑手党提炼了多少海洛因，这些海洛因又是如何被运到了大洋两岸黑帮的桥梁——约翰·甘比诺那里。

“当我害怕的时候，就会想起他们对我做过什么。我随身携带着一个东西，它提醒我必须要毁掉黑手党，在我害怕的时候，是它给了我力量。”背叛黑手党的代价是可怕的，我能想象到他内心的挣扎。说完这句话，他稍稍前倾，手伸向后，从裤子后兜里掏出了一个双折皮夹，翻开装钞票的隔层取出一张折好的报纸。他左手的两个手指夹着烟，翻开那张报纸，用手掌在酒店小小的咖啡桌上将它抚平。他把这张报纸推到我们面前，正了过来。那是一份意大利的报纸。白纸黑字清清楚楚地写着，两名中老年女性和一名年轻女性在车内遭枪击去世。那是他的母亲、姑姑和姐姐。“是这些给了我力量。”我们中断了谈话，休息了一会儿。

在对约翰·甘比诺的起诉中，曼诺亚是司法部的撒手锏。凭借超凡的记忆力，他可以细数这个生在意大利、长在布鲁克林的甘比诺如何成为大洋两岸黑帮势力的桥梁。曼诺亚亲自提炼了大量海洛因，它们被运到了甘比诺那里。他亲眼见到了约翰·甘比诺这个重要人物到西西里岛上的村子里查看提炼过程，而他自己则 24 小时不间断地工作，这导致他的皮肤变白、脱落。在甘比诺的要求下，曼诺亚改变了提纯方法，这样一种名为“托品碱”的植物性稀释剂在生产过程中就不会与海洛因混到一起。它们可以被分开运输，美国黑帮由此可以为美国的瘾君子生产不同纯度的毒品。

曼诺亚知道甘比诺和他的老板斯特凡诺·邦塔特通过海洛因贸易赚得盆满钵满，光送到意大利裔美国银行家米凯莱·辛多纳那里洗钱或投资的资金就有几百万美元。出生于西西里岛的辛多纳在意大利和美国都有业务。他对媒体表示，自己是“美国业务与欧洲业务之间的桥梁，因为我对大洋两岸的业务都很熟悉”。辛多纳是梵蒂冈和教皇保罗六世以及很多西西里黑帮和美国黑帮首领的财务顾问。他知道很多秘密。不过，曼诺亚也知道很多秘密。

总部位于纽约的富兰克林国民银行堪称辛多纳银行业务中的一颗明珠，它的破产导致辛多纳的银行帝国轰然倒塌，曼诺亚知道接下来会发生什么。这是美国历史上最大的银行破产事件，紧接着，大西洋两岸都出现了欺诈案，辛多纳被逮捕，将在曼哈顿联邦法院受审，这使黑手党十分紧张。其实，他们并不关心富兰克林国民银行，也不关心银行的股东和储户。他们只关心辛多纳。他们想私下与辛多纳见面，问他到底把他们的钱放在哪儿了，要在他走进联邦监狱之前把钱拿出来。

曼诺亚知道他们干了什么坏事，他们的做法很冒险，但没办法，辛多纳掌握着他们的巨额钱款。约翰·甘比诺的计划是，在辛多纳的银行诈骗案开审之前，把他从纽约街头“绑走”，如果美国和意大利政府想要赎回辛多纳，他们就可以提出一些匪夷所思的政治诉求。但那些把辛多纳塞进车里的“绑匪”并不是意大利革命者。辛多纳并没有被绑在美国东海岸的哪个地下室里，也没有为了安全起见频繁更换安全屋。他早就走了，没有什么左翼绑匪，只有黑帮。

甘比诺提供了伪造的身份证明，还帮助辛多纳伪装，让他飞往希腊，随后又让他乘船渡过爱奥尼亚海到达西西里岛。当纽约警方还在上天入地寻找那些绑匪时，辛多纳已经在巴勒莫城外的一座山间别墅里吃饭睡觉，回答美国黑手党的问题了。辛多纳太重要了，黑手党现在还不能杀他，甘比诺和邦塔特在计划如何结束这场戏。在辛多纳到达西西里岛不久后，一位意大利裔美国医生来到了他所在的别墅。辛多纳脱下裤子，医生在他的右侧大腿上注射了止痛药。甘比诺扶住辛多纳的肩膀让他不要动，而邦塔特用一把小口径手枪打穿了他的大腿。那位医生负责他的康复进程，辛多纳在西西里住了 8 个星期。

8 个星期之后，辛多纳被从西西里岛的别墅里带出来送往德国法兰克福，随后飞回纽约。之前那些“绑匪”又把他从车里推到了曼哈顿的大街上。辛多纳自由了，他到处讲他的悲惨经历，讲他如何在新英格兰地区英勇地逃出革命者的势力范围，还受了枪伤。

对辛多纳的审判得以继续。他被判犯有银行诈骗罪，被判处 25 年有期徒刑。美国司法部将他押送至意大利，让他在那里再次接受审判。在那里，他被判欺诈，还涉嫌谋杀一名被委任为受托人的意大利律师，正是这名律师令辛多纳在意大利的金融帝国土崩瓦解。在辛多纳因雇凶杀人而获罪的 4 天后，他在意大利的监狱里被毒害了，有人在他的咖啡里加了氰化物。黑帮不再需要他，梵蒂冈也不再需要他。于是，他将永远沉默下去。

曼诺亚不仅知道内部消息，还能对约翰·甘比诺所扮演的角色提供简单可循的线索。在辛多纳即将返回美国，以便被“绑匪”释放的同时，意大利警察在西西里岛巴勒莫拦住了即将离开的甘比诺。但警方羁押甘比诺的时限很短，只够检查一下他的口袋。在检查过程中，警方影印了甘比诺口袋里的一张小纸条，上面写着“741，星期六，法兰克福”，但他们并没有弄懂其中的含义。联邦调查局得知了这张纸条，于是向意大利警方要了复印件，开始着手调查。

10 月 12 日，星期五，甘比诺被意大利警方拦住。联邦调查局很快查明，第二天，也就是 10 月 13 日，星期六，环球航空公司的 741 号航班将从法兰克福飞往肯尼迪国际机场。联邦探员到达纽约肯尼迪国际机场，找到了 741 号航班的报关单。他们戴着手套仔细检查了机上成年男性旅客提交的每份表格，在其中一份中发现了一些端倪。那是由一个名为约瑟夫·博纳米科的乘客提交的表格，其中填写的地址为布鲁克林某地，但填写人错把“Brooklyn”写成了“Brooklin”。这份表格中，每个“9”的圆圈中间都多了个小点，根据联邦探员掌握的信息，这正是辛多纳的书写习惯。现场探员将这张表送到了联邦调查局实验室，工作人员在上面发现了辛多纳的指纹。

联邦调查局由此查明，辛多纳订了机票，第二天便会乘 741 号航班从德国飞往美国，使用的姓名是约瑟夫·博纳米科。而约翰·甘比诺此时正站在 1 600 公里之外的西西里岛上的一家酒店的大堂里，手里拿着辛多纳飞离德国的航班信息。这些信息新鲜出炉，可能连纸上的墨水都还没干呢。曼诺亚知道这是怎么回事。

然而，我们面临着一个问题。我们正坐在美国的一个酒店房间里，曼诺亚说他从来没有杀过人。在当上意大利警方的证人之后，曼诺亚否认自己曾参与谋杀。他承认自己曾参与盗窃、抢劫、造假、制毒，在西西里黑帮中举足轻重。而西西里黑帮是一个建立在凶杀基础上的组织，在入会仪式上，要把新成员的指血滴到圣人的画像上。他说，他那个消失了的哥哥杀了大概 36 个人，但他自己手上一条人命都没有。之前负责案件的检察官问他有没有杀过人，他说没有，还解释说提纯海洛因的技能让他能够不杀人就在帮派内生存下去。

我的搭档帕特里克·菲茨杰拉德不相信他说的话，也不打算在建立起信任之前让他出庭作证。作为司法部的人员，我们不能在完全信任证人之前，让他出庭作证。

其实，利用坏人出庭作证指控另一个更坏的人，这件事颇具风险，却很有必要，在扳倒那些老练圆滑的罪犯时尤其如此，因为正直人士根本没有机会了解内情。我的一个上司曾警告我说，每个污点证人都是“指向你职业生涯的一把枪”。但事实不止如此。因为政府必须保证庭审公平公正，而污点证人是对司法系统的极大威胁——尽管在审判某些重大犯罪时，污点证人极其必要。这就是为什么纽约南区的检察官们要求每名污点证人必须承认其曾犯下的所有罪行。

人性是复杂的，职业罪犯毕生都在撒谎，在司法体系的夹缝中辗转腾挪以求生存，因此对司法部查明真相、讲述真相的使命造成了重大威胁。如果某个检察官坚持司法正义的核心价值，那么这些污点证人的所作所为将会与他的工作方式产生极大的冲突。这些污点证人靠要手段生活，他们总想找捷径，也常常掩盖事实，他们就是靠虚张声势和胡编乱造活下来的。而对检察官来说，查案不能耍手段，也不能掩盖真相。那些人大概率会站在他内心价值观的对立面，但他确实要靠他们来获得某个正义的结果。然而，无论过去如何，现在他必须坚持让那些人以他的方式行事。不过，这种事总是说起来容易，做起来难。

曼诺亚说他加入西西里黑帮已经25年了，但手上一条人命都没有。这种说法就相当于某个NBA球星说他打了一辈子球，但从没对任何人犯过规，因为他的工作就是投三分球。

但他为什么说谎呢？美国把他从意大利带回来的时候曾允诺，他所犯的所有罪行在美国境内都可以被豁免。而且就算他曾经杀过人，也不是在美国境内杀的，他之前从没来过美国。他根本没什么可担心的。在我们接手这个案子后，菲茨杰拉德研究了美国与意大利警方的所有交流记录，发现了一条线索。在曼诺亚与意大利警方的第一次交谈中，他透露自己曾为另一个荣誉之士藏匿武器。随后审讯终止，而他也因此被起诉。意大利法律似乎不允许豁免，检察官必须起诉犯罪者。他这次认罪导致检察官必须起诉他，然后他继续进行“秘密”汇报。而接下来，他便得知自己的母亲、姑姑和姐姐均命丧西西里黑帮之手。从那之后，他再也没有承认过任何新的罪行，无论是谋杀，还是别的。无论是意大利检察官，还是之前调查这个案子的美国检察官，似乎都没有真正向他施压。

但菲茨杰拉德对曼诺亚施压了，给了他很大的压力。在全国各地的酒店房间里，菲茨杰拉德与曼诺亚进行了长达数小时的谈话。他不断向曼诺亚施压，告诉他自己不相信他。菲茨杰拉德说，没杀过人的人，不可能直接向斯特凡诺·邦塔特汇报，这根本不可能。如果这不可能，曼诺亚一定是在撒谎。而如果曼诺亚撒谎，他就不能出庭作证。其实，我们对约翰·甘比诺的起诉全指望曼诺亚作证。装作不知道曼诺亚撒谎，让他帮我们扳倒一个黑帮首领，这件事很有诱惑力，但我们没有这样做，我们做好了败诉的准备。使事情变得更困难的是，菲茨杰拉德还告诉曼诺亚，他得在曼哈顿的公开法庭上承认自己的罪行，包括他在意大利的诉讼程序中多次就谋杀问题说谎。意大利警方会查明他之前的罪行，而对于他在美国法庭上承认的罪行，美国无法保护他免受意大利警方起诉。曼诺亚十分生气，他很抗拒这件事。

菲茨杰拉德继续施压，不断强调曼诺亚是个重视名声的荣誉之士。尽管菲茨杰拉德知道曼诺亚杀过人，也知道曼诺亚是个大毒贩，但他确信，曼诺亚的生活信条建立在特殊的道义感之上。曼诺亚对此的自豪感几乎无法掩饰。他给我们讲过一个故事：有人说丹麦的一名水手在巴勒莫的夜总会里划伤了一个脱衣舞女的脸，但其实那名水手并没有这样做。西西里黑帮成员找到了真正袭击那名舞者的西西里岛人，勒死了他，还把他的尸体摆在了警察局的台阶上，在他衬衫上别了一张纸条，上面写着："是我划伤了那名舞者。"由于这些荣誉之士干的"好事"，警方释放了那名丹麦人。在曼诺亚的观念里，自己是个有原则的黑帮人，只会为了爱情而说谎。当然，菲茨杰拉德说道，曼诺亚现在可以把自己看作对抗西西里黑帮的战士，而对战士来说，说谎是件不光彩的事。美国司法体系的基础就是寻求真相，而且是寻求全部真相。只有没有道义感的人才会在发过誓之后还说谎。

这段话十分有力量。大西洋两岸的黑帮帮众都把自己视为高尚的战士。可能他们就是这么想的，晚上做梦时都觉得自己是有原则的人，是在为比自身更崇高的事业而艰难地奋斗着。在甘比诺案审理期间，纽约市律师协会向我授予了史汀生奖章，这是纽约市对杰出检察官的表彰，只不过报纸很少报道这个奖项。第二天早上我走进庭审现场的时候，一名保护被告的法警递给我一张折起来的小纸条。我坐在检方的位置上打开了那张纸条。那是我们的一名被告，一个年轻的黑手党杀手写给我的。那些被告在审判期间必须被关押，不得保释。这名年轻人是个杀手，曾被家族老大约翰·戈蒂形容为“真正的男人”，这也正是我们要让他在监狱里度过余生的原因。

他的字写得很好，内容是：“亲爱的科米先生：祝贺您获奖，您得奖真是实至名归。”我回头看了他一眼，他郑重地点了点头。他不是在讽刺我，也不是要奉承或者恐吓我，更不是想传递他想做线人的秘密信息。没有那么复杂。他讲他的道义，我讲我的道义，我们俩棋逢对手，都按照自己认定的道义方式行事。我正在努力把他送进监狱，而且希望他再也别出来，但在他看来，这不是私人恩怨，只是立场不同而已。我的所作所为中蕴含着道义。

但在曼诺亚的案子中，我们有比诉诸道义更好的选择。我们告诉他，撒谎会对他最爱的人造成负面影响。我们知道曼诺亚想让丽塔和他们的女儿在美国过上安全的生活，跟他一起加入证人保护计划。菲茨杰拉德说，如果曼诺亚不肯说真话，他们就只能一起回意大利。我们并不想伤害他，但如果他不能出庭作证，就不能待在美国。所以，如果他不说真话，他就不能待在美国。曼诺亚眼里的悲伤快要溢出来了，他盯着香烟的烟雾陷入漫长的沉默。很显然，曼诺亚的心理防线开始崩塌。他对菲茨杰拉德说，要是他回答了杀没杀人这个问题，菲茨杰拉德一定会接着问下去，就好像"丈夫出轨后，妻子一定会不停地追问他到底出轨了多少次"一样。他这样说，就说明他已经准备好要承认他杀过人了。

跟他的意大利律师谈完话，曼诺亚同意了我们的条件：截至此时，曼诺亚在美国和意大利境内说过的所有谎言都不会被追究责任，但我们会告诉意大利方他承认过什么；我们将保障他的家人在美国境内的安全；同时，如果他再有欺骗行为，本协议立即终止。我们把这个协议白纸黑字写了下来，这样可以在法庭上拿给陪审团看。作为公诉人，这对我们来说并不是什么有利的协议，因为辩护律师会攻击证人，还会揪着我们给予一个曾作伪证的证人以豁免权不放，不断攻击我们。但我们别无选择。我们宁愿承受辩方的攻击，也不愿让约翰·甘比诺继续逍遥法外。

双方签署协议之后，曼诺亚开始交代。菲茨杰拉德所料不错，仅就曼诺亚记得的而言，他曾参与对 25 个人的谋杀，受害者或被枪杀，或被勒死，而曼诺亚在描述这些可怕的过程时显得颇为着迷。那些尸体要么被焚烧，要么被掩埋，要么被放在那里等别人发现，要么被扔进酸里溶解了。他还记得那些死者的名字，但谋害他们的具体细节已记不清楚。他在法庭上说：

> 我很后悔，我的良心也不允许我吹嘘什么。实际上，这些都是我觉得很丢人的事情，并不值得吹嘘。有时候人能记住某个特定的细节，因为这个细节已深深刻在他脑海中。如果某人杀了一个人，他一定一辈子都不会忘记那个画面。他甚至会记得最微小的细节。但如果这个人杀了很多人，他就不可能记得住每个细节了。

帕特里克·菲茨杰拉德本可以不跟曼诺亚死磕，不给他施加压力，不揪着他引以为豪的道义感不放，因为这样做可能会把这个案子输掉。毕竟曼诺亚在意大利的法庭上已经发过誓，他只不过是西西里黑帮的一个技术人员，只懂得如何从吗啡里提取海洛因。身为技术人员，他的地位举足轻重，没必要冒险把自己卷进谋杀案里。这个说法早就流传开了。在约翰·甘比诺的案子中，也许甘比诺的辩护律师会迫使曼诺亚承认他曾参与谋杀，但也可能不会。鉴于约翰·甘比诺身份的特殊性，他们为什么要提醒陪审团，这是个手上血债累累、罪行罄竹难书的组织呢？他们没有理由冒险与曼诺亚决裂。

但菲茨杰拉德必须追问真相。作为司法部的人员，他不能说自己不相信的话。而他不相信曼诺亚所说的“我不过是个制毒的”。所以他继续施压，甚至不惜以败诉为代价寻求真相。他找到了真相，将真相公之于众，并且告诉众人我们最重要的证人曾经作过伪证。他之所以这样做，是因为他知道，他并不为曼诺亚服务，也不为曼哈顿联邦检察官办公室服务，他所效力的机构认为真相是真实存在的，真相高于一切，并且为践行这一理念而不懈奋斗。所以，他说出了真相，说出了一切真相。

第八章 唤醒格拉瓦诺

“真相永远不会妨碍公正。”

——莫罕达斯 · 甘地

人称“公牛萨米”的萨尔瓦托雷 · 格拉瓦诺不是个爱早起的人。我们走进污点证人所在的特殊监狱时，负责他这个案子的联邦探员解释说，他们尽量不在早上 10 点之前去找格拉瓦诺，因为他不喜欢早起。那位探员扫了一眼表，发现刚过 9 点。他面带苦笑，说一会儿如果格拉瓦诺情绪不佳，他完全不会感到意外。

格拉瓦诺是甘比诺家族的二把手，他杀过 19 个人，一辈子都贡献给了这个手段狠辣的犯罪组织，但美国政府需要他的帮助。甘比诺家族的首领约翰 · 戈蒂曾两次在纽约被起诉，媒体给他取了个绰号叫“不倒翁”。格拉瓦诺的认罪和配合意味着联邦政府终于要抓到戈蒂了。这就是为什么格拉瓦诺被允许只承认最高可被判处 20 年有期徒刑的罪行（这意味着法官对其判处的刑期不会超过 20 年），还只需要他做两年证人。对一个连环杀手和黑帮的二把手来说，这样的判决显然太轻了。但经过布鲁克林的联邦检察官办公室和联邦调查局纽约办公室的调查，政府觉得他十分重要。这种权力失衡的感觉环绕着格拉瓦诺。

在我们去监狱的路上，陪同的探员对我和帕特里克·菲茨杰拉德解释说，我们最重要的任务就是让格拉瓦诺相信，约翰·甘比诺的案子十分重要，以他的身份出庭作证并不丢面子。我们都没提到，根据他和政府签订的协议，他有义务作证。现在说这些还为时过早。

格拉瓦诺身材矮小，外号却很霸气——“公牛”。谈判伊始，陪同探员开场的语气十分小心，深切表达了我们的歉意——不该这么早就把他叫起来。

“最近怎么样，格拉瓦诺？还缺什么东西吗？”

“还行，”他答道，“手球打得有点多。能给我来副手套吗？保护一下我的手。”

“没问题，格拉瓦诺。我帮你弄一副。”

“别搞那些政府采购的便宜货。我要副好的。”

“没问题。”

我暗暗记下手套这事，我们之间从此建立了联系。

几个星期之后，我又来找他，看看他到底是不是真的拿到了那副手套。司法部有义务向辩方披露任何可能削弱政府证人可信度的信息，比如告诉他们这些证人得到了区别对待或者特殊待遇。当然，辩护律师有充分理由抨击格拉瓦诺——他一辈子都在犯罪，手上还有将近 20 条人命，但并没被重判。他们可能会花上几天挖他的黑料，找他讨好政府和换取宽待的有力动机。

但我依然需要知道政府人员是否真的给了他一些物品。所以我问他，政府人员有没有给他送手套。他说有。我又问，他们有没有给他送过别的东西。他说还有眼镜，看书用的。我问他还有没有别的。他说在他给约翰·戈蒂的案子出庭作证，从而使戈蒂被定罪之后，联邦调查局纽约办公室的负责人来安全屋看过他。为了纪念这个时刻，联邦调查局的领导给他送来了一块表，上面复刻了联邦调查局的蓝色印章。格拉瓦诺说这话的时候笑容满面，而我没有任何表情。

谈话结束之后，我对分管这个案子的联邦探员说，在格拉瓦诺出庭为约翰·甘比诺的案子作证之时，我必须将他收过的东西公之于众，尤其是那块表。我们吵了起来。负责格拉瓦诺案子的这几个联邦探员，和之前以格拉瓦诺为证人扳倒戈蒂的布鲁克林联邦检察官，显然已经不信任我们了。毕竟格拉瓦诺是他们的证人，在他们看来，我们这些曼哈顿检察官不过是想把他们所管辖的布鲁克林区和皇后区这两个区内的案子抢过来。要他们把重要证人借给我们，让我们对本应在他们辖区内起诉的谋杀案发起诉讼，他们本就不情愿。而现在我们居然因为一块手表想让他们和联邦调查局难堪——联邦调查局的副局长把局里的纪念品送给一个匪徒，这件事肯定会被新闻界拿来大做文章。而格拉瓦诺也不会喜欢这种做法。

说实话，这种权力失衡的感觉我也深有体会。但我非常需要格拉瓦诺，他是我们证明约翰·甘比诺的罪行的唯一途径。约翰·甘比诺杀了一个无辜的人。

在纽约皇后区的一个意大利裔聚居区里，曾有两个人在一栋楼前的人行道上争执不下，最后大打出手。没人知道他们因为什么而打架，可能是两个邻居发生了口角，谁家音乐声太大了，谁家狗叫了之类的。年纪大点的那个人是个远近闻名的混混，但最后年轻点的那个人几拳就打死了他。没有人被逮捕，因为没有人目击这个过程，人们只看见那个年纪大点的人躺在人行道上。他叫弗兰克·甘比诺，不是黑帮家族的正式成员，但也是成员之一。他是约翰·甘比诺的人，所谓的准成员。正因如此，必须得有人对这件事负责。杀死甘比诺家族的人，就得付出代价。

约翰·甘比诺的人经过调查，发现这件事是一个叫弗朗西斯科·奥利韦里的人干的。随后，约翰·甘比诺和乔·甘比诺去面见家族老大约翰·戈蒂。他们和戈蒂的关系不好，因为戈蒂觉得他们“西西里帮”整天神神秘秘的，还对家族存在威胁。戈蒂谁也不信——正因如此，他才能活到现在。他曾派人在曼哈顿的一家牛排馆前杀害他的前任保罗·卡斯泰拉诺，这个人太过粗心，也太容易相信别人。但相对于其他那些他不信任的人而言，他更不信任西西里帮的人。戈蒂的前任来自意大利本土，但戈蒂本人是个土生土长的美国人，而西西里帮的人与力量强大的西西里黑帮的联系更加紧密，更何况他们还能说他听不懂的意大利语。

甘比诺兄弟把弗兰克的遭遇告诉了戈蒂，请求杀死奥利韦里，为弗兰克报仇。尽管戈蒂没有表现出来，但他内心并不理解他们的诉求，因为他知道，约翰·甘比诺的西西里帮在没有征得他同意的情况下就已经开展了大量的“谋杀行动”。

显然，约翰·甘比诺在杀人这件事上并不需要谁的帮助。那他们这次来征求同意又是为什么呢？约翰·甘比诺在谋划什么事情，戈蒂暂时还看不出他背后的意图，但他一定有所图谋。于是，戈蒂同意了他们的请求，但提出了一个前所未有的要求：他要求格拉瓦诺，甘比诺家族的二把手，亲自参与谋杀行动。他这么做是想告诉约翰·甘比诺这个危险的人，家族领导们并不惧怕暴力。

就这样，二把手格拉瓦诺和甘比诺手下一名重要成员带着几个人组成了暗杀小队，跟踪了弗朗西斯科·奥利韦里，对他展开了监视。与大多数人一样，奥利韦里有定期会做的事情，这为谋杀提供了便利条件。每个星期二早晨，奥利韦里都会下楼挪车——弗兰克就是在这栋公寓楼下的人行道上被打死的。这是为了遵守纽约市换边停车的规定，而皇后区的阿斯托利亚实行换边停车的时间是星期二早上。因此，他们选择在星期二早上实施谋杀。在征得老大的同意后，杀手们星期二一早便到达了目的地，却发现他们到得太晚了，奥利韦里已经挪完车了。他们只能等到下星期二再动手。

1988 年 5 月 3 日，星期二，杀手们又来到了公寓楼下。这次，他们早早就到了。暗杀小队分坐在两辆偷来的车里，停在街区两端，通过对讲机进行交流。他们等着弗朗西斯科·奥利韦里下楼进行人生中最后一次挪车。一辆“干净”的车停在几个街区外，供杀手们逃跑时使用。

奥利韦里下了楼，走向他的车。暗杀小队的一个人从车里下来，跟着他，一枪击中了他的后脑。随着一声轻微的枪响，一块圆锥形的金属片射入他的大脑，奥利韦里从这个世界上消失了。他的尸体倒在了一棵树上。不知怎么的，他的夹克钩在了树上。他没有摔倒在地，而是靠在了树上。格拉瓦诺开着偷来的车逃跑时，看到了这一场景。暗杀小队的人在几个街区外抛掉了偷来的车，钻进那辆准备好的车里，飞速离开了。

弗朗西斯科·奥利韦里再也不可能伤害甘比诺家族的任何人了。这次暗杀表明了伤害甘比诺家族会付出怎样的代价。然而，就像联邦调查局所说的那样，弗朗西斯科·奥利韦里从没有伤害过甘比诺家族的任何一个人，也没有伤害过其他人。是的，弗朗西斯科·奥利韦里与弗兰克·甘比诺住在同一栋大楼里，他肯定也跟其他人一样，遭受过弗兰克·甘比诺的欺凌。其实，弗朗西斯科是个在面条场工作的工人，人到中年，性情温和。邻居说他没有与弗兰克·甘比诺打架，他不可能与任何人打架，而且他也没有几拳就能打死一个成年男性的力气。甘比诺家族杀错了人。在 5 月的一个凉爽的早晨，一个无辜的人在皇后区的街头死去了，他的尸体倒在了一棵树上。

我们起诉的其中一名被告参与了那天早上的谋杀。他是约翰·甘比诺家族的红人，也是个职业杀手，这就是为什么我们之前在那个老太太的公寓里监听到约翰·戈蒂称他为“真正的男人”。在他的衣柜里，联邦调查局找到了一个袋子，里面装着一把没有序列号的手枪、数百发子弹、几副橡胶手套和一个针织全脸黑色滑雪面罩，只有嘴和眼睛的地方掏了洞。这就是他在黑帮中充当杀手的确凿证据。在陪审团进来之前，被告律师把这个面罩卷成了一顶普通针织滑雪帽的样子。庭审时，他为了替这个杀手开脱，装作不经意地从证物桌上拿起它，走近陪审团座席，一脸不屑地挥舞着，指责政府为了“一顶针织帽，一顶帽子”而小题大做。

庭审辩论中，帕特里克·菲茨杰拉德的表现非常精彩。他指了指那个卷成一团、看起来人畜无害的“帽子”，然后抬起左脚踩在陪审员席的栏杆上。所有人都目瞪口呆，盯着他那只黑色尖头礼服鞋看，包括我。他迅速卷起裤腿，先是露出一只黑袜子，然后是他苍白的小腿，上面都是腿毛，接着是他疙疙瘩瘩的膝盖。他停下动作看着陪审员，半光着的左腿露在他们眼前。“如果我问你们，我今天穿了什么，你们肯定不会说‘你今天穿着短裤走进了法庭’。”然后，他放下左腿，一把抓起帽子的顶部，把它抖开，整个滑雪面罩在他手上摇摇晃晃，好像一盏万圣节时的南瓜灯，只不过它是黑色针织的材质。他抓着帽子晃了几下，然后把裤腿放了下来，继续庭审辩论。我不知道陪审员们是怎么想的，因为他们之中没有后来与本案联邦探员结婚的，所以没有人来告诉我内情，但我猜，随后休庭的时候，他们一定非常兴奋。

在这个案件中，格拉瓦诺知道谁要杀人，谁下的令，谁动的手。除了他，没人能为弗朗西斯科·奥利韦里的死负责。我需要格拉瓦诺，有人公开说我做错了事，说我调查那块表实在是小题大做。

我退缩了。联邦调查局纽约办公室向我施压，我自己的证人也向我施压。在双重压力下，我选择了只披露最少的信息，这些信息可能根本不会引起辩方律师的注意。庭审现场场景如下：

“你在狱中的时候，政府人员曾给过你什么私人物品吗？”

“他们给过我一块表和一副眼镜。”

“你觉得这些东西大概值多少钱？”

“两个加一起差不多四五十美元吧。我不知道那副眼镜值多少钱，但表不过就 20 美元。我猜眼镜也就二三十美元。也可能会更贵一点。我不太确定。”

在交叉问询中，没有人问他关于这件事的问题。为什么要问这个呢？这并不是联邦调查局纽约办公室的领导为了感谢他的卓绝贡献，在某个重大仪式上送给他的一块表。他没提那副手套，我也没提。

30 年之后，我依旧不能释然。我应该让格拉瓦诺告诉陪审团，联邦调查局纽约办公室的领导送了他一块联邦调查局的纪念手表。当然，也许布鲁克林的探员们是对的，交叉问询时要问他的事情太多了，这件事实在无足轻重。但我有义务保证辩护律师知道真相，这样他们才能决定如何处理。我有责任保证信息透明，因为我不为格拉瓦诺服务，也不为联邦调查局服务，甚至也不是为了给弗朗西斯科·奥利韦里讨个清白。我的委托人是致力于追求公平公正的国家机构。司法部工作的边界清晰、权责分明，而如果要花上几小时研究自己的行为是否越界，那么毋庸置疑，就是越界了。我还在学习这一点。

在纽约南区的6年联邦助理检察官生涯是振奋人心的。从我的同事、上级，甚至我自己犯下的错误中，我知道了寻求真相的过程可能障碍重重，可能令人为难，也可能让人痛苦，但我们必须寻求真相。寻求真相比赢得庭审更加重要。而促使人们说出真相的动机并不是恐惧，对被抓住和被人诟病的恐惧都不足以使人说出真相。促使人们说出真相的动机必须是内在的，是一种存在方式，关乎对工作和生活的态度。纽约南区的文化氛围让承认真相这件事给人以强烈的自豪感，这对寻求真相、说出真相有极大帮助。当然，这里面还有一种年少时的自傲——总觉得自己比辩护律师强得多，但正是这种自傲让寻求真相的理念深深印刻在我脑海里。我说出的话，我请来的证人说出的话，都必须是我相信的，永远如此。这一点让我身心舒畅。

然而，这6年里也充满了坎坷，让我身心俱疲，压力巨大。我的梦里充斥着暴力与犯罪，甚至在睡觉时磨碎了两颗臼齿。每结束一个案子，我就会大病一场。而当时，帕特里斯和我有了孩子。在那个没有笔记本电脑，没有智能手机，也不能远程工作的年代，我们在距离我办公室以西24公里的地方租房住。每当我埋首于那些重要工作时，帕特里斯的声音便会回荡在我脑海里，因为她经常说，所以我连草稿都不用打，就能想起她当时的话。“你要向这些人证明，你能当个好律师，也能做个好爸爸。你得树立榜样。”每次我抗议说，我的上司可能会因为我回家陪老婆孩子而轻视我，她就会说：“没有人愿意为一个连对家庭的承诺都不重视的人工作。检察官有千千万万，但孩子只有一个父亲。”

就这样，我选择了回家。只要我不出去见证人，晚上都会回家，给孩子洗澡，给她们读绘本。我把不需要电脑就能阅读的材料带回家里，等女儿们睡着了再开始工作。起初我们只有两个女儿，后来又添了三个孩子。我觉得自己做得还不错。但帕特里斯指出了我的问题：我陪伴孩子时不够专心。“你人在家里，心也得在家里，而不是读绘本的时候还想着某个案子或是某个证人。孩子们终究会长大的，我们能陪伴她们的时间不过这几年。别心不在焉的。”她说的对。于是，我专心致志地陪伴她们，陪她们玩红气球，给她们梳头发，拿着小刷子和浆糊跟她们玩游戏，读绘本的时候还装成老太太，压低嗓音说：“嘘——”

当我做完这一切，再去处理黑帮和假皮草抢劫案等事务。

第二部分

认识信任池

★★★

我在纽约当了6年联邦助理检察官，随后选择离职，先是去做了辩护律师，然后又回到司法部出任更高的职位，积累了很多经验。这时我才意识到，坚持司法部的工作理念终会获得成果：我们所服务的群体对我们有绝对信任。作为领导，我负有监督责任，同时也要把我们的工作成果展示给民众。我开始更清晰地认识到信任池的价值。正是这个看不见摸不着的东西让我们能够被民众信任，即便在艰难困苦之中也是如此。但我也认识到，这个信任池太脆弱了，民众对我们的操守和意图的怀疑就会对它造成损害。为了赢得民众的信任，我们必须言出必行，精诚待人。

第九章
辩护律师

“辩护律师有责任为客户充分利用法律程序。”

——美国律师协会职业行为示范规则

经过 6 个月的庭审，甘比诺的案子中所有的重罪指控都得到了 11∶1 的陪审团投票结果。这样的结果十分可疑。有陪审员偷偷塞给法警一张纸条，说其中一名陪审员可能被收买了，但我们当时并没有足够的证据揪出这个人。因为这个收受贿赂的陪审员，整个案子卡在了这里。如果他真的被收买了，肯定是为了发大财。但在审判过程中，陪审团成员都是匿名的，他们的身份被严格保密。出了这样的事，真是让人心碎。几名被告也知道他们再也不可能这样幸运了。于是，除了一个罪行轻微者，剩下的都在重审前认了罪。这样也好，因为我就要离开这里了。

帕特里斯已经为我在纽约隐忍了 7 年。我们之前说过要在弗吉尼亚州把孩子养大，而我已经违背了这个诺言。因为我想在曼哈顿做联邦助理检察官，帕特里斯跟我一起住在新泽西州郊区，一开始住在自行车店上面的公寓里，那里小得像个鞋盒，后来租了一个简陋的双拼屋。随着家里人口越来越多，这个房子也不够用了。于是，我们搬到了弗吉尼亚州里士满，这里离我们俩的母校不远，我们俩正是在校园里坠入爱河的。对家庭来说，搬家这个决定十分正确，但我依旧很不舍得离开纽约南区，因为我知道，我可能再也不会回来了。

我们刚开始计划搬离纽约时，我的打算是转岗到里士满做联邦助理检察官，就像我在曼哈顿的工作一样。之前，华盛顿召开了一个颁奖典礼，以表彰我在珠宝区案子中的突出表现，帕特里斯和我出席了活动。当时我们窃听了一个黑帮成员的电话，得到了大量信息，阻止了一场武装抢劫。在典礼酒会上，帕特里斯听到有人说某个站在房间另一边的人是里士满的联邦检察官，于是就悄悄走到我身边，告诉我这个信息，催我去跟人家打个招呼。“也许他能雇用你呢。”我拒绝了。我不可能在司法部的招待酒会上，为了一份工作去打扰一位陌生人。当帕特里斯继续轻轻地用手肘推我时，那个人穿过人群走了。

那个人日后成了我的朋友和同事。甘比诺案结束后，我们准备搬到里士满。那时他已经离职，政府也不招人了。没办法，我只能去企业求职，而他的律所是里士满仅有的两家愿意跟我谈的律所之一。他们关于“产品责任”的业务量增长迅速，想让我负责这部分业务。这部分业务的客户是被指控制造或销售伤害他人的产品的公司，而我要为这些公司辩护。这不是我的热情所在，但我需要一份工作。我去了那家公司，那里的人都很可爱，但工作也很辛苦。

有一次，我为一个在我看来有罪的人辩护，这种事，有经验的辩护律师经常做。那是桩欺诈案，客户是个骗子，长袖善舞，善于蛊惑人心，对不同的银行、债权人、合作伙伴和顾客都满口谎言。司法部已经搜集了大量证据来证明他的罪行，而这无论是对他本人，还是他可爱却满面痛苦的家人来说，都是十分不幸的。当然，他没有对家人承认自己的罪行，很可能他根本不认为自己犯了罪。很久以前我就发现，被告是否认罪，很大程度上取决于他对自己的家人承认了多少罪行。人们宁愿放弃减刑，也不肯认罪，就是为了避免向心爱的人承认自己说谎，因为后者太过痛苦。在评估认罪概率时，我的第一个问题始终是："他跟家人是怎么说的？"

我为这个客户倾尽了全力，庭审前下足功夫仔细研究政府手中的证据，寻找漏洞，以及一切可能帮助他的东西。当我准备向陪审团作总结陈词时，我突然意识到，我不可能辩称我的当事人全无污点，因为我自己不相信这一点。但我依然有义务为他尽最大努力。所以，我站在陪审团前，声情并茂地辩称美国政府未能履行其在排除合理怀疑的前提下证明被告有罪的责任。这是有序自由的核心原则，也是陪审团发誓要维护的准则。在总结陈词的最后，我引用了开国元勋们的名言，还尽可能扮演着电影《杀死一只知更鸟》里格雷戈里·派克[①]饰演的角色，用慷慨激昂的演说敦促陪审团成员尽到自己的职责，宣布我的当事人无罪。讲完之后，我如释重负地坐在律师席上，我的当事人一只手臂环过我的肩膀，耳语道："太棒了！我感觉太好了！"在那一刻我只想说："天哪！总有一天你会遭报应的。"但尽管他骗过很多人，我也不能这样说，尤其是当他妻子就坐在我身后，坐在观众席的第一排时。他连自己都骗过去了，这让我很为他伤心。最后，他确实遭了报应，在联邦监狱里坐了将近10年牢。而他开给我们律所的最后一张支票也被银行拒付了。

即使是在民事案件中，作为一名私人律师，我也获得了很多惨痛的教训：我必须为我的客户辩护，且只能为我的客户辩护。有一次，律所让我去纽约出差，处理几个石棉案。他们说我来自纽约，当检察官时处理过很多案件，所以处理起这些案子来肯定得心应手。但事实并非如此。

法庭书记员坐在法官席下面的座位上，她的手机在庭审过程中一直在响。与此同时，法官正坐在法官席上听着纽约律师们的辩论，手机铃声很大。我坐在观众席上，等着书记员叫我的案子。我似乎是唯一一个注意到手机铃声的人。书记员就坐在那里，一伸手就能够到那个不断响起的手机，但她只顾低头写字。手机铃声第三次响起的时候，她终于接了起来，对着话筒低声说话，一

① 格雷戈里·派克，美国著名男演员，曾在电影《杀死一只知更鸟》中扮演替无辜的黑人伸张正义的白人律师芬奇。——译者注

只手掩在嘴边免得声音太大被人听见，显然是不想打扰庭上的进程。

我参与过很多次庭审。在美国各地的庭审中，如果书记员的手机有电话打进来，它往往会闪烁起只有其本人能看到的红色或白色的小灯。在我的职业生涯中，可能只见过一次，或者是两次，庭审现场的书记员电话嗡嗡作响。但那声音很小，几乎让人察觉不到。实际上这很有必要，因为电话铃声会影响出庭人员的注意力，也会削弱司法程序的严肃性。

当然，这不是某个普通的庭审，而是纽约民事法院住房庭，庭审室是由一个负责石棉案的纽约州庭审法官借用的，处理石棉案刚刚成为我的专长。我的客户是一家著名的工业公司，从来没制作过石棉绝缘制品，但在 20 世纪四五十年代曾使用石棉制品为公司生产的大型设备进行绝缘处理，而使用石棉会导致员工患上疾病。这家公司担心，如果用钱来解决这些案件，可能会面临上千起诉讼，所以干脆什么也没做。而现在这家公司面临的问题是，大多数开采石棉或生产绝缘材料的公司要么很久以前就破产了，要么与员工达成了庭外和解。所以我们的客户只能独自面对上百起诉讼，而其中大部分都在纽约。

我坐在庭审室里，等着与负责石棉诉讼案的法官会面。我环顾四周，突然意识到也许电话的声音如此凸显，是因为法庭的地面上铺的是油毡。这块油毡有些凹凸不平，几个角已经磨平了。我努力回想着之前是否见过铺着油毡的庭审室……没有，而且我从来没见过哪个庭审室的电话像这里一样响个不停。我开始思考，地上的油毡里是不是也有石棉，要知道，老式地板砖里一般都含有石棉。我看着那些磨平的边角，心想：只要石棉不被破坏就没问题。

法官正在处理别的案子，我百无聊赖地看向法官席。刚进来的时候我没有注意到，法官头顶上挂着几个巨大的字，铁制的，拼出的文字近似美国的座右铭之一：IN GOD WE TRUST（我们信仰上帝）。但纽约市的维修预算显然不太充足，因为这句话缺了好几笔，变成了：IN OD WE RUST。我仿佛身在地狱。就在几个月前，我还是个联邦助理检察官，在曼哈顿处理那些黑帮大案。而现在，我摇身一变，成了里士满的一个律师，站在纽约的一个铺着油毡的法庭里，与几个因石棉致病的可怜人争辩。事情不可能变得更糟了，这已经很糟糕了。

轮到我这个案子的时候，我在律师席坐好，原告的律师先发言，然后是我。我起身系上西装扣子，站直，清楚地表明了自己的身份，说我是被告的辩护律师。法官眯起眼睛看了看我。

"科——米先生，"法官开口，好像想从回忆里揪出点什么，慢慢念出我的名字，"你之前是不是在这条街尽头的联邦检察官办公室工作？"

"是的，法官大人。"我稳住声音回答，内心有被认出来的窃喜，也有被人发现居然沦落至处理石棉案的尴尬。

法官的眼睛都瞪大了，他惊讶地看着我。"世风日下啊。"他说。

我尴尬地笑了笑，说："谢谢法官大人。"然后坐下。本来觉得不可能更糟糕了，但现在又更糟糕了一点。

最终，法庭决定让原告与被告和解。一名法官主持陪审团商议案件赔偿金额，也就是说，陪审团要听取原告病情的相关证据，然后根据病情决定赔偿他多少钱。自始至终，没有人有机会说明这件事不是他们的错。如果各方没有达成和解，法庭会继续审判，决定谁应该负责支付这笔钱。法官的想法是：如果我的客户明确地知道自己的财务风险，能拿出个确切的金额，且陪审团也同意这个金额，这个案子就很容易解决。我的客户之前一直坚称自己从未生产过石棉制品，所以对此没有责任，不肯和解。但如果想要和解的话，这可能是个好时机。

原告为人和蔼，70 岁出头，工作多年，工作场景中都是石棉制品。他先是在海军部门工作，后来在大型工厂修理机器。他患有胸膜间皮瘤，这种疾病的唯一致病因素就是石棉，病情罕见，致死率高，病人极其痛苦。患病者肺部的薄壁会逐渐增厚，直到增至橘子皮那么厚，最终导致病人窒息而死。这种病目前无法治愈，且死状比这更凄惨的病症也不多了。

鉴于法官已经决定促成庭外和解，我的工作便不是向陪审团辩称，导致这个可怜人命不久矣的石棉并非来自我的当事人。对此，我有充分的证据：尽管我们都很同情原告，但证据表明，这的确不是我们的错。然而，我不能这么说，一句都不能。我的工作是利用我所有的专业技能来压低陪审团对这个人生命价值的估价，不管原告表示他的痛苦值多少钱，他的生命值多少钱，我要做的就是尽量压价。你看，事情就是这样变得更糟的。

原告方提供了医学报告作为证据，上面是骇人的皮间瘤影像，表示这位先生的寿命已经没有几年了，坐在观众席第一排的他的妻子、孩子和孙辈都不得不面对这个现实。他站在证人席上告诉陪审团，他有多么热爱他的家人，热爱他的生命，以及他多么害怕死亡。那天晚上，我住在曼哈顿的酒店里，夜半三更于噩梦中惊醒，无法呼吸。我给帕特里斯打电话，告诉她我已陷入泥潭。而第二天早上，我站在陪审团面前，论辩这一切的价值，论辩生命的价值。我站在那里，为原告痛心，但又必须履行我作为被告的辩护律师的义务。我尽量选择温和的措辞，我相信他的痛苦的确与我的当事人无关，但我不能这样说。我只能向陪审团建议，800 万美元太多了，四五百万可能更合适。我心不在焉，一部分灵魂已不知去了哪里。我不知道陪审员们怎么看我，但他们最终同意了一个稍稍低于原告方要求的赔偿金额。没有人是赢家，而那可怜的男人输得最惨。

为了调整一下节奏，公司让我去处理另一个案子。我被派到西弗吉尼亚的山区去证明一个老人没有患另一种类型的肺病。这次，我们的客户是一家铁路公司。这家铁路公司正面临着一堆起诉，说之前在该公司工作的货运火车员工患有硅肺病。这是一种由空气中的沙尘引起的肺病。货运火车启动时，引擎会在铁轨上撒下少量沙子，帮助火车头获得牵引力，以此拉动一辆大火车。我曾在铁路调度场看到过类似的情况，从引擎里掉出来的沙子形成的沙堆，看起来就像小孩子打翻了沙滩桶。硅肺病不会致人死亡，但会让人呼吸困难。这种病在喷砂工人和矿工中最常见。但以前的铁路工人说，他们也会得这样的病，因为铁路调度场周围都是这样的小沙堆。

这个案子的原告也是个老头，住在克利夫顿福奇，这是一座位于杰克逊河边阿勒格尼高地的小城，面积不到 8 平方公里，人口不过 4 000 人。几十年来，克利夫顿福奇始终是个铁路枢纽。从西部驶向河流下游纽波特纽斯港和诺福克港的运煤列车要在克利夫顿福奇的驼峰车厂换车，或重新调度。车厂引擎会把这些货车拉过一个人造小山，也就是"驼峰"，以给它们提供动力，让它们滑到车厂调度员确定好的既定轨道上，连成新的列车。等到车厢组装成一辆列车，工作人员会给这辆车安装车头，将成吨的煤运往停在港口的货船上。为了让火车获得初始动力，火车头上的引擎会在启动时在铁轨上撒点沙子，增加摩擦力，帮助车轮更好地抓地。铁路员工在整个调度场工作，把车厢连成列车，再调度火车头。

我在取证时遇到了那个退休的老头。在我看来，这个人对我有很大的怨念，跟那个即将死亡却乐观向上的纽约人不一样——我总梦见他。这家伙好像什么都看不惯。多年后，克林特·伊斯特伍德在 2008 年的电影《老爷车》里扮演的角色让我瞬间想起了他。他总是牢骚满腹，我不相信他说的话。他在调度场里工作的时间不长，而且是个烟鬼，所以要论证他不是因为在调度场工作才得肺病，其实并不难。我的客户也请专家验证过，那些小堆沙子并不会飞得到处都是。他不过是在调度场里工作，又不是喷砂工人。

与之前一样，克利夫顿福奇这个案子依旧是客场作战。我的客户一直在稳步削减铁路部门的工作岗位，用电脑和机器代替人力。因此，这个山间小城正在衰落。陪审团由克利夫顿福奇的居民组成。他们要在大坏蛋铁路公司与一个 70 多岁的邻居之间选个无罪的，而且据这个邻居说，是铁路公司让他得病的。你看，纯客场作战。

克利夫顿福奇正在不断萎缩，两层高的红砖法院就建在调度场的旁边，好像是为了提醒大家我的客户在这个小镇中扮演的角色一样。法院的楼顶有钟楼，门前有立柱。确切地说，它是距离调度场里的“驼峰”最近的建筑，就在后门的停车场对面。在弗吉尼亚温暖的春天里，二楼庭审室的窗户是开着的，我一整天都能听到火车低沉的隆隆声和高亢的鸣笛声。陪审席的构造很奇怪，它位于法官席的正前方，是个两层包厢。陪审团可以直接看到证人席，证人席上的证人也可以直接盯着陪审团和法官。律师席在房间的两边，靠墙。法官从第三层俯瞰法庭，盯着陪审员的后脑勺。陪审团里的每个人都说，他们虽然认识原告，但依然会公正无私；他们也有在铁路公司工作的朋友和亲戚，但他们肯定会不偏不倚。我获胜的希望十分渺茫。

原告和被告都给出了自己的理由。我辩称铁路公司并不是原告患病的原因，因为他在铁路公司工作的时间不长，而且专家也说调度场的沙子不会到处乱飞，大部分都会老老实实待在铁轨边上的小沙堆里。我尽力了。陪审团离开去讨论时，我去了趟卫生间。这个老旧法院的卫生间很少，陪审团和我们共用一个卫生间，但书记员向我保证，只要我快去快回，不会有问题。卫生间只有一扇窗，它很高，是上下推拉式的。为了保护个人隐私，高窗的下半部分被挡住了。现在，窗子开了半扇，上半扇放了下来。我长得足够高，可以看到外面的调度场，里面的调度场景给我留下了深刻印象。我还听到了火车经过的声音。火车可太酷了，我想。我会想念这个地方的。我转身向门口走去，突然注意到窗户的边框，黑色金属表面上都是细沙。而我刚刚花了好几个小时证明这件事不可能发生。我站在那里愣了一会儿，然后走过去，一口气把沙子吹出窗外。

陪审团回来了。他们居然站在了铁路公司一边，铁路公司自然为我们的意外胜利而激动不已。但这一切都不关我的事，也与我把卫生间的沙子吹出窗外没有任何关系。陪审团对克利夫顿福奇的了解比我深刻得多，也比公司找的那些专家深刻得多。如果他们看到窗框上的沙子，只会笑一笑。他们知道，调度场附近到处都是沙子。他们认识原告，可能给他送过报纸，或在餐厅招待过他，或在他身后排队买过东西。他们知道，这个人是个十足的混蛋。他们不会给这个混蛋一毛钱。

我必须摆脱这样的工作。我极其渴望回到司法部。在司法部，我只发表自己相信的观点，并代表一个属于美国人民的机构。我再也不想鬼使神差地吹走窗框上的沙子了。

我想做的工作不是这样的，而是像最高法院曾经解释过的，我的职责不是打赢官司，而是“匡扶正义”。

联邦政府又开启了招聘计划，我得到了在里士满出任联邦助理检察官的机会，隶属于弗吉尼亚州东区联邦检察官办公室。我喜欢律所里的同事，也与其中一些人处成了很好的朋友。他们曾经做过很多让帕特里斯和我难以忘怀的事情，其中一件就是替我们操办了小儿子的葬礼。我 9 天大的小儿子死于细菌感染，公司包下了整间教堂来给他办葬礼。他们都是好人，我厌恶的不是这里的人，而是这份工作。辩护律师对司法体系至关重要，他们的工作十分辛苦。但我希望我的工作对自己而言是有意义的。在联邦刑事案件的公诉中，并不是所有案件都不涉及道德问题。我曾经遇见过一个纽约警察，他在准备庭审的过程中对我发火，“真是麻烦，你就告诉我你想让我说什么吧”，我斥责了他。联邦刑事案件中也有很多复杂的案子，需要我们与穷凶极恶的证人打交道，但这项工作的目的是寻求真相，真相高于一切。

在私人律所工作的经历让我深刻认识到，优秀、忠诚的律师对客户来说有多么重要。但这也提醒了我，司法部检察官的职责与之大大不同——检察官所服务的群体不同，他们总会说出真相，践行诺言。在离开司法部 3 年之后，我又回到了那里，代表美国人民。而在里士满，事情比我想象中要有趣得多。

第十章
奇怪的“中风患者”

“承诺是人类规划未来的独特方式，是承诺让未来在人类能掌控的范围内可以预见、可信可靠。”

——汉娜·阿伦特

在里士满，可能很多人都有过奇怪的性经历，却不肯宣之于口。有一天，一个妓女找到警察，说政坛上一位有头有脸的人物雇她吸食可卡因，还要在他妻子生日那天与他妻子发生关系。那一天，这名妓女被蒙上双眼绑在了栏杆上。这还不是最奇怪的，之后的事情更加奇怪。当这个案子真正开始的时候，我遇到了弗吉尼亚州当地的检察官鲍勃·特罗诺。他负责当地的毒品调查小组，处理的案件遍及里士满城区辖下的各个郡县。除此之外，鲍勃还是一名兼职联邦助理检察官，一位检察官特别助理，因为他处理的很多案件都涉及跨州的毒品团伙，最终都会被送达联邦法庭。

见到鲍勃的第一面我就很欣赏他，因为他并不是个典型的检察官。一开始，他开着一辆豪华的、淡香槟色的宝马，车窗是深色的，车是从一个毒贩那里查获的。有一天，我坐在副驾驶座位上跟着他一起去参加会议。我注意到在驾驶位与中控台之间塞着一把半自动手枪，枪口朝内。当时我有些不解，但很快就明白了其中缘由。

在差不多25年的时间里，我家的5个孩子每年都会在万圣节玩“不给糖就捣蛋”的游戏。只有一年的万圣节我没有与他们一起度过。那是1996年10月31日，我没在家，因为有几个毒贩想要刺杀鲍勃。一个靠谱的线人告诉警方，为了阻止鲍勃起诉里士满本地某涉毒大案，毒贩从纽约雇了一名杀手，打算在鲍勃参加完本地法院就该案举办的听证会后杀死他。里士满的执法部门联合起来保护鲍勃，24小时不间断地守护他和他的家人，而我们则试图阻止这场谋杀。我参加了一个战略会议，会上，鲍勃表达了他的沮丧。他觉得这些保护行为消耗了太多资源，还把他的家人吓得够呛。“给我穿个防弹背心，”他说，“我就走出法院大门，枪手一出现，特警队就拿下他。”

我还记得，我当时觉得这真是我听过的最愚蠢的主意。我有点欣赏这个家伙。当然，他的提议被否决了，而那个万圣节的晚上，我在当地监狱里与一个刚刚被逮捕的嫌疑人耗了一个晚上，想从他嘴里撬出杀手的身份。我们给他测了谎，知道他在关键问题上撒了谎。征得他律师的同意后，我使尽手段——哄骗、讲道理、威胁他得在监狱里度过余生。我不喜欢大喊大叫，但那天晚上我吼了好几次。可是这些都没用，他不肯开口，一点信息都不透露。我不知道他是因为太害怕而不敢开口，还是真的不知道杀手是谁——尽管测谎仪显示他在说谎，但我其实不怎么信任测谎仪的“测试”。然而，杀手始终没来。每年万圣节，我和鲍勃都会彼此问候，我总说我是如何为了救他的命在万圣节抛下家人，而他总说我也没审出什么来。

不管我救没救他的命，我们都成了好同事、好朋友。我最终说服我的上司雇用鲍勃做全职联邦助理检察官，因为他真的是个非常棒的庭审律师，而且他在当地的人脉资源对联邦调查非常有用。但从这里开始，事情变得更加奇怪起来。

鲍勃与上面派来支持他开展毒品调查工作的几个警探正在与那名妓女交谈，开始着手调查这桩涉及里士满知名政治人物的毒品案。鲍勃知道我想了解里士满究竟有没有公共腐败案件，于是在联邦检察官办公室把案件信息告诉了我。要知道，在人们的记忆中，里士满这个地方是唯一一个从未出现过腐败案的州首府。我邀请联邦调查局加入了调查小组。调查对象曾经担任过弗吉尼亚州州长和里士满现任市长的办公室主任。这个人的背景有些复杂，他妻子是田纳西州食品零售大亨的继承人。妓女的这些指控不同寻常，看起来不太容易调查出结果。一开始，有消息说这家伙为同意与他和他妻子发生性行为的男男女女提供可卡因。我觉得在里士满不太可能发生这种事。但现在有足够的证据启动调查，那就查吧。这一查可不得了。

我们询问了一些20多岁的年轻男女，男的帅气，女的漂亮。这些年轻人讲述的故事都差不多。我们的调查对象先是与他们交朋友，然后邀请他们去自己家里做客。他家在陡立的半山上，可以俯瞰詹姆斯河，可爱又温馨。他热情地款待他们，让他们喝饮料，吸食可卡因，然后开始他们的混乱之夜——丈夫、妻子、男孩、女孩，各种组合。一名女士告诉我们，她很早就与我们的调查对象约会过，那时候他还用比萨招待过她。她刚咬了一块，就咬到一个脆脆的东西。然后趁我们的调查对象出去一小会儿，这名女士把比萨上的芝士掀开，看到下面有一个蓝色的药片，已经被咬断一半了。我们问她当时是怎么应对的，她回答说："我再也没吃比萨。"但她一直与他约会。"他这个人实在太有意思了"，她解释道。

尽管这些年轻人有些天真，但他们很害怕这段经历被公之于众。他们知道，对这名调查对象的任何指控都会在里士满引起轩然大波。有一次，调查人员和我在城外的酒店里秘密会见一名证人。那是个高大英俊的男士，高中时是明星运动员，现在快30岁了。他说自己已经与高中时的恋人、高中啦啦队前队长结婚了。他承认，他从我们的调查对象手中获得过毒品，还进行过多人性行为。他妻子不知道这些事。说到这里，他停了下来，抬头看着我说："这就是事实。但如果你让我在法庭上说出来，我还不如一枪崩了自己。"我毫不怀疑，他确实能干出这事来。我顿了一顿，然后承诺说："我会尽己所能来保护你。"他的眼睛湿润了。他紧盯着我，慢慢地，默默地一次又一次点头。我不知道他点头是为了感谢我的承诺，还是觉得我在胡说八道，觉得我肯定会让他出庭作证，而他一定会死于自杀。“我保证。”我补充道。他继续点头。

为了说话算话，我们必须想办法让这个案子不经过审判就迅速结束。我起草了一份起诉书，里面包括各种毒品分销的罪名，还指出在多人性行为中存在聚众吸毒行为，但没有提及任何参与者的名字。在曼哈顿，联邦诉状中出现多人性行为并不是什么新鲜事，但这里不是纽约。这份诉状在里士满引起轩然大波，被告没有束手就擒，而是聘请了里士满最咄咄逼人的辩护律师，开始在媒体上攻击这个案子，想让那些害怕暴露身份的证人知难而退，还对记者说他们不过是“一群蟑螂”而已。两军对垒，要是想赢，就得让这些证人走到光天化日之下，披露他们曾经做过的事。这个案子可能会不了了之，因为我们并不想毁掉这些年轻人。

肯定有什么办法能对被告这个人渣施压。我们知道，他是靠妻子的财产才过得如此奢靡，才请到这个惹人生厌的律师，就连他戴的假发花的都是他妻子的钱。在一次与调查小组的会议上，我问调查人员，他生活在田纳西州的岳父母到底知不知道他做的这些事，知不知道他们的女儿现在陷入了怎样的风波之中。没有人知道这个问题的答案。于是我说，是不是有必要派人去田纳西州问问，看看他们对这个女婿究竟了解多少。团队里的其他人同意了我的意见。我们一致决定，先不告诉他岳父母发生了什么，只问一些问题。谁也不知道我们能得到什么信息。不过就算什么新信息都没得到也没关系，这个举动本身就足够搅乱他的家庭关系了，里士满离他岳父母家不过8小时车程。就这样，里士满的传奇警探——生性勇敢的萨姆·理查森出发了。萨姆·理查森警探还有个副业，他经营着里士满市区的一家烧烤店，规模不小。我现在还记得他在从田纳西州打回来的电话中说了些什么。

“你正在坐着吗？你最好先坐下来。”

“怎么？你发现什么了？”

“我找到他岳父母的住所了。”

“好极了。他们的住所看起来怎么样？”我一边问，一边想象着《飘》里的塔拉庄园。

“他们的房子背靠着邮局停车场。”

“什么？”

“他们的房子非常小，”他说，“而且脏极了。还没有我家大。他的岳父母根本没有钱，就是穷光蛋。他一直在说谎，他妻子也不是什么继承人，他们都在说谎。”

调查就这样结束了。我们很快对这对夫妻提起了指控，他们犯有欺诈罪，证据就是他们对银行、经纪人、投资者和其他人撒下的“继承人”谎言。调查组带着搜查令和逮捕令，在黎明时分突然到访他们位于詹姆斯河畔的家。嫌疑人的妻子很配合，但嫌疑人假装中风，无法做出任何反应。直到急救人员把呼吸管塞进他喉咙里，他才猛地站起身来，恢复了意识。

尽管嫌疑人突然恢复了神智，但依然表现出一些不太正常的中风症状，比如说不清楚话，拖着左腿走路，右臂不灵活。在法庭上，他的表现被称为医学上有史以来第一个“对角线中风”案例。庭审时，他走进法庭的步态十分奇怪，双脚伸向相反的方向。首席联邦法官此前一直觉得我对嫌疑人涉毒的指控过于激进，但现在他终于明白了。法官低头看向被告，教训他说：“现在一切调查已尘埃落定，你装得像个精神病人也没用，我不买你的账。”法官宣判将被告监禁，要求在庭审前对他进行医疗检查，而且不让他戴假发。检查结果显示，嫌疑人根本没有中风。随后，他很快聘请了另一名律师，表示愿意与法庭合作，并达成了认罪协议。然后，我们联系了那些始终战战兢兢等待结果的证人，告诉他们案子结束了，我们不会再来找他们了。我们信守了自己的承诺。

可能是詹姆斯河里的水把这样的大案子带到了沿岸的其他大房子里。在离这名政客约 0.8 公里的下游住着里士满的另一个名人，他叫奥托·冯·布雷森多夫，是个男爵，从国外移民到里士满居住。他满头银发，是里昂资本的创始人，拥有一座占地约 1 022 平方米的庄园。那是一座都铎复兴风格的庄园，1920 年，它的第一任主人将其命名为“杜洛夫别墅”，起这个名字是为了纪念他在爱尔兰克莱尔郡的故居。一份为杜洛夫别墅申请国家历史遗迹称号的文件中写道：“该庄园有陡峭倾斜的覆有石板的三角墙和四坡屋顶，高大外墙围出坚毅的城堡造型，木制落地窗，红砖烟囱高高耸立，烟囱上有陶制品装饰……庄园造型方正，一侧临河，原石露台可供人远眺，登而望之，极富野趣。”杜洛夫别墅与男爵的身份非常相配。

每天早上，布雷森多夫男爵都会驾驶他的劳斯莱斯，开一小段路去里昂资本华丽的办公室，那里到处都是展现他的美好生活和丰厚回报的纪念品。这位男爵不仅有德国皇室血统，还是几百年前一个欧洲银行业家族的后裔。他生于豪门望族，但因二战家道中落，被迫逃离纳粹德国，冒着生命危险加入意大利反抗军，一心想杀死希特勒。

战后，他凭借金融天赋帮助管理马歇尔计划中的资金，赢得了美国当局的信任。这段经历为他带来的人脉帮助他重建了家族企业。他把公司建立在了彼时依旧硝烟弥漫的汉堡，这家公司便是后来的里昂资本。一经建立，里昂资本便组建起覆盖全球的由数百家代理商组成的网络，等待时机，以便为有价值的创业项目提供资金。男爵与欧洲各国的养老基金组织关系匪浅，他会定期去欧洲旅行，随身携带的公文包里装满了需要资金的美国项目。里昂资本的大部分资金便源于此。到达欧洲后，他会与欧洲同行会面介绍这些项目。欧洲人对里昂资本的客户十分看好，投资不断。

在男爵移居美国后，他的声望不断攀升。他与里昂资本首先在洛杉矶落脚。尽管位于遥远的美国西海岸，男爵依旧得到了美国政府的垂青。老布什总统曾授予他美国最高平民奖——总统勋章，他的名字被刻在了华盛顿的罗纳德·威尔逊·里根永恒自由火焰纪念碑上，他是极少数获得这种荣誉的还在世的人之一。他是共和党参议院全国委员会成员，这就意味着他经常要往华盛顿跑，所以他于 1993 年把里昂资本从洛杉矶搬到了里士满，换了个时区让他更方便打理欧洲的生意。

无论是在洛杉矶还是在里士满，里昂资本都是一家非常成功的风险投资公司，它为70%，甚至高达90%的公司客户找到了资金。从高尔夫球场到医疗设备再到储存设施，里昂资本的业务领域全方位覆盖各行业，涉及的资金高达数亿美元。尤其值得关注的是，在里昂资本经手的数百笔交易中，没有一个客户提出不满投诉。尽管出于隐私考虑，布雷森多夫男爵不能透露客户姓名，但他提供了一份推荐人名单，说上面的人我们都可以联系。名单中包括一位洛杉矶的会计师和两名纽约的证券律师，他们都了解里昂资本引人注目的融资成功率，也熟谙里昂在业界的声誉。

毋庸赘言，仅凭男爵一个人无法撑起像里昂资本这样成功的大企业。他有一大群员工，得力助手是里昂资本的两位副总裁，一位是他的妻子埃琳娜·毕雪夫·冯·布雷森多夫，负责销售和市场营销，另一位是芭芭拉·利希滕贝格，法务专家，负责帮助客户准备高质量的发行备忘录，以提交给里昂的资金网络。发行备忘录通常会在60天内准备好，完成之后，里昂资本的市场部会在90~150天内为客户的项目找到资金。

有资金需求的企业家只需要预付一笔一万到三万美元不等（视能力而定）的费用，就可以得到里昂资本的帮助。里昂公司用这笔钱支付利希滕贝格及其手下员工大量的承销和法务费用，这些钱是打造一个合适的项目并将其提交给那些欧洲养老基金组织所必需的费用。一旦项目融资成功，除了固定佣金，里昂资本还有权获得融资总额的一部分。

若潜在客户无法支付里昂资本所要求的全部费用，公司还会提供另外一种选择，名为“2 500 项目”或“2 000 项目”，从中客户可以获得一小部分里昂资本提供给正式客户的服务。虽然数量不多，但很有价值。花上 2 000 或 2 500 美元，就可以从里昂资本手里得到一份名单，上面都是曾在其意向领域进行过投资，或对其意向领域感兴趣的投资人。虽然这些支付较少费用的客户并不会真正获得里昂所提供的承销服务和全方位营销方案，但他们会收到预先印制好的邮寄标签，这样客户就可以自己向这些潜在投资者发出邀请。

然而，除了那座美轮美奂的庄园和数百个可怜的笨蛋为寻求融资而付出的款项，上面 8 段文字里几乎每一个字都是假的。这是一场精妙的骗局。这名男爵其实并没有男爵头衔——他只是在自己的意大利出生证明上的名字前加上了“男爵”两个字。布雷森多夫本人确实曾在战时服役，但服役于德国空军的赫尔曼·戈林伞兵装甲师。后来，他于 1945 年被美国军队俘虏。同年，他从战败德军中退伍，到保险公司工作，随后与他的长期伙伴兼保险同事芭芭拉·利希滕贝格一起移民美国。他们俩在洛杉矶遇见了埃琳娜。埃琳娜是个整容师，后来也入了伙。

那个“总统勋章”是因为他给共和党捐了不到 500 美元，“获此殊荣”的美国人成千上万。他的名字确实刻在了位于共和党总部的里根永恒自由火焰纪念碑上，但还有其他 600 人的名字也一起刻在了上面，他们每个人都给共和党捐了 1 000 美元，绝大多数都还在世。至于他那个共和党参议院全国委员会成员的头衔，也是通过捐款得来的。

关于里昂资本的谎言就没那么有趣了，它造成的损失令人震惊。里昂资本的融资成功率接近于零，就连芭芭拉·利希滕贝格在被捕之后也只能想起一次成功的交易记录。里昂资本没有强有力的出资方，也没有独家全球销售网络。大多数情况下，这种欺诈行为不会带来什么后果，因为很少有项目能真正完成利希滕贝格的“承销”。一次“承销”最长要花上好几个月，最热情的客户也会被拖垮。那些真的从利希滕贝格手里拿到发行备忘录的客户并没有获得融资，最后项目也夭折了。里昂资本办公室的盒子里还有好几十份“发行备忘录”呢。里昂资本很难留住员工，因为员工很快就会发现这是一场骗局。一个年轻的销售人员刚来的时候曾无意中听到另一个同事问道：“我想知道，等联邦调查局的人来了，我们该怎么办。”

里昂资本接到的投诉和诉讼没有断过，但不知怎么的，这位男爵似乎总能找到受害者，业务持续了好多年。为他们提供背书的是一个洛杉矶的会计师——推荐费是 12.5 美元，还有两个一样腐败的纽约律师，他们拿了布雷森多夫的钱，负责为他说好话。收了钱，布雷森多夫让他们说什么，他们就说什么，比如里昂资本在融资方面真的无人能及之类的。好几百人因此被骗，损失了佣金，还毁掉了自己的事业梦想。但男爵赚得盆满钵满，赚来的几百万美元都用来维护杜洛夫别墅，用来维持“里士满贵族”的生活方式。

1998 年 1 月，在前文那名政客与他的“继承人”妻子沿着詹姆斯河向上走进监狱的时候，这场骗局也走到了终点。一天清晨，联邦调查局在杜洛夫别墅逮捕了布雷森多夫一家。与所有的大诈骗犯一样，他们要接受庭审。他们在庭审时表演得还不错，但最终还是被陪审团定了罪，我办公室的检察官还对他们展开了追击调查。他们不服，继续上诉，而我代表美国政府参与公诉。最后的结果是，他们要在联邦监狱服刑 10 年。杜洛夫别墅和男爵那辆劳斯莱斯由法警局进行法拍。

20 世纪 90 年代，我们在里士满不仅追捕那些拥有能俯瞰詹姆斯河的漂亮房子的诈骗犯，还积极努力地处理持枪案件以及随之而来的长期监禁。我们努力让犯人认识到持枪其实是种负担，以此来减少持枪犯罪。这项工作十分重要，因为在里士满的大部分地区，人命已经变得不值钱了。

一次，我与副警长一起开车去参加一个早餐会议。有人通过无线电对讲机发来消息，于是他问我是否介意跟他在一个犯罪现场短暂停留一下。当然没问题。但其实，这个“犯罪现场”并不仅仅是一个现场。一辆新式皮卡车停在停车标志那里，引擎还点着火。那天很冷，但驾驶位的车窗是摇下来的。司机是个女人，看起来 40 多岁，头靠在驾驶位的头枕上，好像睡着了一样。她睡得很香，张着嘴，但永远不会醒来了。我能看到她左侧太阳穴上有个红色的小洞，而右侧太阳穴上有个很大的伤口。她在上班路上停下来买毒品，然后与毒贩发生了争执。光天化日之下，毒贩一枪打中了她的头。在这里，毒贩将毒品卖给在车上犯毒瘾的人，这是他们的地盘。在自己店里杀了一个顾客，这听起来一点都不合理，但里士满的大多数谋杀案都是这样。制止这类暴力案件消耗了执法部门很多精力。

我们试过在法律允许的框架内使用更严厉的惩罚手段让毒贩和重罪犯远离枪支。在里士满，枪是像衣服一样的日常必备品。毒贩和重罪犯在出门之前，带枪就跟穿袜子和穿鞋一样，并不需要多想。他们不担心里士满当地的检察官和法院会对他们做些什么。虽然很多罪犯并没有受过良好教育，但他们非常擅长成本效益分析。我们想利用公诉的威慑力迫使他们把枪留在家里或藏在附近某个地方，因为一旦公诉就意味着至少 5 年的强制监禁。如果有罪犯害怕持枪被抓后要在离家很远的地方长期服刑，从而不敢携带枪支，里士满就会少一些谋杀案。在里士满，提前计划好的谋杀案不太常见，谋杀行为通常由偶然争端导致，最终却带来最致命的结果。如果能够严查严打，广泛宣传，就有可能减少非法携带枪支的数量。减少重罪犯和毒贩携带枪支的情况，就有可能降低谋杀率。

然而，若执法行动较为激进，尤其是在城市的犯罪高发区激进执法，就有可能引起争议，除非这些地区的人能够理解我们在做些什么，也能理解我们为什么这么做。在里士满的枪支管控行动中，有很多黑人被关押起来，确实减少了暴力犯罪。这种行为并未受到黑人群体的抵制，因为执法部门的行为公开透明。参与这项工作的所有人都付出了巨大努力，让人们知道我们在做什么，以及我们为什么这样做。我们在电视上出镜宣传，在报纸上宣传，在教堂里、市政厅和娱乐中心也展开宣传。我们并不是无端地跑进来关押了一批年轻的黑人。为了停止杀戮，我们动员了整个社区的力量。这种做法十分奏效。暴力犯罪率有所下降，社区支持率有所上升。执法行动要想有效，就必须依赖民众的信任，而民众的信任来自公正透明。

我从里士满的工作经历中学到的东西，贯穿了我整个职业生涯。作为公共机构的领导者，我必须打消民众对执法工作是否诚信的疑虑，否则会让民众对正义丧失信心。

尽管犯罪问题频发，里士满依旧是个很棒的地方。帕特里斯和我本打算在这里一直生活下去。在里士满，我们找到了一直以来寻找的东西——优秀的公立学校和一座社区安全、装潢漂亮且相对便宜的房子。但后来，“9 · 11”事件发生了。

那时，我们有 5 个孩子，最小的 1 岁，最大的 13 岁。恐怖袭击事件发生之后，乔治 · W. 布什总统需要任命一位新的纽约南区联邦检察官。这个人得能被纽约的政治领导者们接受，了解曼哈顿联邦检察官办公室的运作机制，还得了解恐怖主义案件。在“9 · 11”事件发生之前，我在弗吉尼亚州参与过一些涉恐案件。尽管我没有申请这个职位，但总统先生最终选择了我。对我和帕特里斯来说，回纽约真的是一个在情感方面很难做出的决定，个中原因只有很少的人知道：我们的儿子科林就葬在里士满，离我们家不远。我们俩还给自己买了墓地，就在他边上。当时，我们以为会在里士满过一辈子，死了之后就葬在那里。但我们得去纽约。那时，世贸大厦的浓烟还没有散去。我要回到之前的单位并且成为领导，手下有 250 名检察官，负责几百件案子，涉及的范围从恐怖主义到暴力犯罪再到企业诈骗。一想到这些，我头都大了。

第三部分
保护信任池

在司法部出任领导职位有些年头之后，我意识到我的工作其实是通过坚持司法部工作的公平公正，并且让所有美国人都看到司法部工作的公平公正，从而维护政府的信任池。忠于真相，无论成功还是失败都要保持透明，这让美国人民逐渐信任我们，这种信任对我们来讲是不可或缺的。然而，披露全部真相有时会激怒政府中的其他人，因为犯错是令人痛苦的，但公开承认自己的错误能够赢得民众的信任。与此同时，我也知道了，虽然司法部的领导者由政府首脑任命，但他可以不属于任何党派。但是，我们需要美国总统帮助我们维护司法部的信誉。有时我们能得到总统的支持，有时不能。当我们未能获得总统的支持时，司法部付出了惨重的代价。

第十一章
冒名顶替者

> “自己辖区内的执法行动和执法方式不能全由华盛顿规定，也不能由一个集权的司法部承担。”
>
> ——司法部部长罗伯特·H. 杰克逊于 1940 年面向所有联邦检察官发表讲话时说

我回到了纽约。凯蒂·库里克的椅子太小了。我想可能是时间太早的缘故，但对我来讲确实太小了。我第一年在曼哈顿出任联邦检察官时，一大清早就起床，为的就是能看到所有早间新闻。在一起身份欺诈案中，我们逮捕了近万人，这是截至当时最大的一起欺诈案。在这起案件中，几万人的信用记录被偷取，并卖给罪犯。破案的过程很值得一提，一定会引起早间新闻节目的兴趣。我们没有把这个消息上报给位于华盛顿的司法部，因为如果上报，司法部一定会拿走这条信息，让司法部部长来宣布案件结果。我想建立自己的公众形象，免得总有人来骚扰我和我的同事。

我需要建立公众形象，因为除此之外，我没有什么可以用来保护自己的东西。

1906 年，革新派总统西奥多 · 罗斯福想对纽约南区联邦检察官办公室做些改变。纽约南区联邦检察官办公室成立于 1789 年，比司法部的历史都要悠久。纽约南区联邦检察官工作的法院被称为“母法院”，因为它比美国最高法院的运行时间还要早好几个星期。纽约南区联邦检察官办公室从美国建国之初就有了，但逐渐变成罗斯福不太欣赏的样子——一个提供政治庇护的地方，一个不愿打扰权贵的地方。

罗斯福通过任命亨利 · L. 史汀生来改变这一现状。史汀生是一位年轻的华尔街律师，毕业于哈佛大学，后来担任了两党四任总统的国务卿和战争部长，其中就包括二战后的第一位美国总统哈里 · 杜鲁门。当时，杜鲁门需要了解关于原子弹的事。（“我觉得我得尽快跟您谈谈有关最高机密的事情。”史汀生在写给自己的新上司的信中说。）

在纽约南区联邦检察官办公室，史汀生刚上台就开始裁人。在他看来，这些人要么野心勃勃，要么贪污腐败，要么兼而有之。他从顶尖的法律院校招聘毕业生来取代这些人的位置。他希望这些年轻人只在这里工作几年，然后跳槽去高级律师事务所，这样他就可以再招一批有才华、有理想的新人来代替他们。政府机构很少会经历真正的转型时刻，但 1906 年的纽约南区联邦检察官办公室是个特例。用当地一名法官的话说：“亨利 · L. 史汀生改变了联邦检察官办公室。是他告诉世人，什么才是真正的称职、正直、专业，他为后来的检察官树立了典范，确定了标准。”

史汀生塑造了一种文化：要政治手腕会遭到鄙夷，取得专业成就会得到尊重。渐渐地，纽约南区的检察官变得比其他地区的检察官，尤其是华盛顿司法部的检察官更聪明、更有原则，也更努力。就这样，纽约南区联邦检察官办公室与司法部的争斗开始了。

有些时候，偏见是有道理的。纽约南区的检察官确实要比其他地方的检察官更努力，写的东西更好，也更有创意，但这只是就平均情况而言。纽约南区也有一些庸才，其他地区也有很多非常优秀的检察官，每个地区都有自己独立的传统特质。但纽约南区确实不屑于政治纷争，珍视自 1906 年以来形成的独立。在你申请加入这里时就会被灌输这一理念，而后你的主管会使你强化这一理念，很多之前在纽约南区工作过的检察官和大律所的合伙人则会起到监督作用。亨利·史汀生留下了一份珍贵的遗产，那就是赢得了民众信任，我们的任务就是要保护它，而保护它最重要的方式是：永远不要忘记华盛顿是讲政治的地方，而要政治手腕是不好的。华盛顿的人首先关心的是“这件事看起来怎么样”，而不是“真相是什么”。在华盛顿，人人浮于表面，满口谎言，精于止损；个个都在营造形象，要政治手腕。

但司法部不这么看。在它看来，全美 94 个联邦检察官办公室中有一个将自己视为独立个体，将自己置于政治之上，这太荒谬了。司法部部长和司法部其他高级官员由总统任命，全美所有联邦检察官也都由总统任命。而纽约南区居然自命不凡，自称

“南区”，好像所有人都应该知道“南区”指的就是“纽约南区联邦检察官办公室”一样。但纽约南区联邦检察官办公室也不过是由总统任命的官员所领导的政府机构，应该服从白宫意旨。放眼全美，名字里带“南区”的联邦检察官办公室还有 11 个呢。

这类争端在每届政府中都有，每当新任总统任命新司法部部长和纽约南区联邦检察官时，都会重演一次。新一届政府上台时，事态总会升温。而在被纽约南区鄙视之后，司法部终于要改革了，它要重申自己的地位，改变传统，以体现总统控制行政权的宪法设计。有时，纽约南区联邦检察官办公室甚至试图抵制选举后的正常政权过渡。民主党任命的罗伯特 · 摩根索在约翰 · F. 肯尼迪任内出任纽约南区联邦检察官，随后被林登 · 约翰逊再次任命为纽约南区联邦检察官，而后在共和党人理查德 · 尼克松出任总统时拒绝辞职。摩根索的权力和影响力都太大了，家世显赫得不得了。尼克松政府为避免直接冲突，选择了切断纽约南区联邦检察官办公室的所有经费，想要从资金上控制他。亲历过这段历史的退休检察官都还记得，当初他们已经窘迫到连便签簿和铅笔都十分珍贵的程度。最后，摩根索让步了。

我的父母很好，但我实在算不上有什么显赫家世。我当上联邦检察官的时候并不像鲁迪 · 朱利亚尼那样是一位有权势的政府官员，并且未来有希望担任参议员或市长。在法律系统内部，我也没什么人脉，不像我的前任玛丽 · 乔 · 怀特那样，她在纽约任职时搭起了广泛的人脉关系网。我来到纽约的时候，只是从弗吉尼亚州里士满调任过来的一个职业检察官。布什政府选择由我来代替怀特，是因为我曾在这里工作过，我办过与恐怖主义相关的案子，而且身为共和党人的州长和身为民主党人的资深参议员都能接受我出任这个职位。我不过是各方博弈之后的最优解罢了。

玛丽·乔给我打电话的时候，我还在里士满。司法部已经开始行动了，他们正计划派个律师来对“我们”手里的一个案子提起上诉。必须要阻止这件事发生，它开了一个很危险的先例，“我们”必须把华盛顿来的律师拒之门外。我很欣赏玛丽·乔，但她口中的“我们”让我感到十分困惑。她是还有两个月任期的纽约南区联邦检察官，而我只是一个从其他区过来的助理检察官，被拉过来接班时心里还忐忑不安，觉得自己好像是个冒名顶替者。“他们不会听我的话，因为我很快就要走了，”她解释说，“你得给泰德·奥尔森打电话阻止这件事，不然你一开始的工作会很难做。”

奥尔森是司法部副部长，也是美国法律界有头有脸的人物。我只是个无名小卒，所以我花了点时间才鼓起勇气给他打电话。他不知道我是谁，但我对他讲这件事的时候，他听得很认真。他听我讲他的做法会给我带来多大麻烦，也听我讲亨利·L. 史汀生遗留下来的精神。他的反驳有理有据。他比我更了解那段历史，还给我举出过去几十年司法部的各位律师在司法部部长认为有必要的时候介入“我们”地区的例子。他解释说，通常情况下，这种介入没有必要，因为我们的人都很专业，但这个案子涉及一个专业领域，来自司法部的律师参与过全美各地的类似案件。将来我会学会区别这类案件，这件事不会对我产生影响，不会带来任何后续影响，史汀生的英灵也不会来找我算账。我给玛丽·乔打电话，告诉她我失败了。

1993 年，我办完甘比诺的案子，从曼哈顿的纽约南区联邦检察官办公室离开去里士满的时候，心情十分低落。帕特里斯知道我不开心，因为我总是提起这件事。有一天，我开车的时候抱怨："现在，我再也不可能去曼哈顿做联邦检察官了。"我真的是这么说的，她也记得很清楚。因为 8 年之后，当我要回去接替玛丽·乔的位置时，我问过帕特里斯的意见。当时，她为了让我不再抱怨下去，说道："要是你有这个机会，我就跟你回去。"这不过是她随口说的一句话，只是为了让我高兴而已。她不用考虑为自己的这句话负责，因为不可能有纽约以外的人被任命为纽约南区联邦检察官，自 1789 年起，这种情况从未发生过。这句话无异于"你要是能在百老汇扮演《悲惨世界》里的冉阿让，我就跟你回曼哈顿"，都是不可能发生的事情。

2001 年 12 月，我只身一人来到曼哈顿，开始与玛丽·乔·怀特交接工作，把帕特里斯和 5 个孩子留在了里士满。政府给我在曼哈顿下城的约翰街租了套临时公寓。世贸大厦刚刚遇袭，曼哈顿下城很容易就能找到空房。但郊区就是另一回事了，因为有能力搬离曼哈顿的家庭从城里蜂拥而出，郊区的房源越来越少。我们想在郊区找一栋能住得下我们 7 个人的房子，周围要有好的公立学校让孩子们上学。但我们的钱不多，付不起首付。

帕特里斯与她来自弗吉尼亚州的好朋友一起出去看房子，对市场行情惊诧不已。她们最终在遥远的北郊卡托纳地区找到了一套房，在路边，很吵闹，后面还有个商业犬舍。她的朋友调侃道：这房子挺好的，因为路上很吵，所以你们听不到狗叫，也因为狗很吵，所以路上的声音就显得没那么吵了。她们哈哈大笑，随后长叹一声，帕特里斯把她的心理价位告诉了卖家。结果卖家把房子从市场上撤了下来，打算以更高的价格再把房子挂上去。

现在是该我出场的时候了。因为我已经在纽约，于是我接下了找房子的第二棒。每天下班后，我就飞速冲到北部郊区见各路房产中介，一家家看房子。我在卡托纳找到了一座很好的房子，房间足够，价钱也合理。我给帕特里斯描述了一下房子，在我的描述里，那是座很漂亮的房子。我签了这个房子的购房合同，帕特里斯签了里士满房子的卖房合同，随后她开着面包车带着孩子，从里士满北上。我们的行李被寄存了起来。我们计划着先在约翰街上我的两居室里住上几天，然后找家短租酒店，等房屋手续办妥再搬进去。

然而，我可能并没有在找房子这件事上花足够多的心思。我知道我当时很忙，有很多事要处理，但我不该在晚上去看房子，尽管开着灯。帕特里斯和大一点的孩子被那房子吓坏了，其中一个孩子走在门前人行道上一块松垮垮的石板上时，大声叫道："这简直是地狱！"我能肯定的是，说这句话的不是那几个学龄前的小孩，他们似乎很支持我的决定，而且口齿也没这么清晰。这房子有很多问题我都没有看到。有一间浴室没有马桶，只是在地板上掏了个洞。负责交房前核查的人员把帕特里斯拉到一边小声说："女士，这房子实在无可救药，您能搞定吗？"好在我们发现一根主梁上爬满了白蚁。于是我们解除了合同。

我们总算摆脱了那栋可怕的房子。但 7 个人住在一个两居室的公寓酒店里，还不知接下来该怎么办，我们实在没办法松这口气。我们也没办法让孩子上学，因为学校所在的学区说，如果我们不住在学区里，每个入学的孩子要交 7 000 美元。我们哪里敢松这口气。

孩子们倒是玩得很开心。4 个孩子睡在一间卧室里，2 个人一张床，剩下那个一岁的睡在厨房的简易婴儿床里，我和帕特里斯住在另一间卧室里。我每天早上很早就起床，开车去曼哈顿，去履行自己作为纽约南区联邦检察官的职责，而我的孩子还没有学上。帕特里斯带孩子去吃酒店的免费自助早餐，然后开车带着 5 个孩子找房子。那真是一段黑暗的时期，对我的家庭和我的婚姻来讲都是如此。我心烦意乱，处在崩溃的边缘。

一天晚上，我开车回酒店，7 个人坐在一辆面包车里。一个孩子手里拿了个玩具，是那种手持的录音玩具，能录几句话，按下播放键就能一直播放。我开车的时候，她就坐在我后面录车里其他孩子的对话。我其实不该管的，我们都快到酒店了。但我沉下声音说："别弄了。"

她把这句话录了下来，然后在我左耳边一直不断地播放这句话。"别弄了。""别弄了。""别弄了。"

我说："你再放一次，我就把这玩意儿扔出去。"她当然不会听我的，于是我一把抓过她手里的玩具，拉下驾驶座旁的车窗就扔了出去，然后一句话也没说。我摇上车窗继续开车，我的女儿在我身后号啕大哭。"吉姆[①]！"帕特里斯只说了这一句。（当然，我最后又绕回去把这玩意儿捡了回来，我们还没阔绰到能随手扔掉一个丝毫没坏的玩具。）

我们养育孩子时，一个指导原则就是："永远说话算话。"孩子们必须知道，我们说出的话是认真的。这可以带给他们安全感，让他们知道可以一直相信我们。只要我们许下承诺或提出要求，我们就会说到做到。当然，只有当你严肃地吓唬他们时，这个方法才能奏效。

漫长疲惫的一天终于要结束时，住在一间卧室里的 4 个孩子不愿安安静静地入睡。我们已经读了书，讲了故事，也警告了他们好几次。最后我说："我要是再听见这屋里有声音，你们就都得受罚。"他们安静了几分钟，然后决定看看我究竟会不会说话算话。我气极了，冲进昏暗的房间把 4 个孩子都拉了过来，照着他们的小屁股一人给了一巴掌。这一巴掌当然不会伤到他们，一是因为我没用力，二是因为他们穿着睡衣还盖着毯子。但这件事让他们震惊不已，一晚上都一声不吭。与此同时，这件事也让我感到震惊。帕特里斯和我走出房门，坐在酒店走廊的地板上，靠

① "吉姆"为"詹姆斯"的昵称。——编者注

在我们的房门边。在这里，这个公共走廊是我们唯一能够坐下来喝两杯的地方，是唯一一个我们能说几句话，而且不用担心被偷听的地方。但我们依旧压着嗓子。“我真是心烦意乱，”我轻声说，“我刚刚居然就那么把他们 4 个都揍了，都没调查一下是谁的问题。集体惩罚是违反《日内瓦公约》的。我真是蠢透了。”帕特里斯握着我的手，笑着说：“他们不会有事的。但我们确实得搬出去了。”

我领导着全美最受人尊敬的检察官办公室，却在一个没开灯的酒店房间里打了 4 个没学上的孩子，还有一个孩子睡在厨房柜台边的简易婴儿床里。打了孩子之后，我和妻子坐在酒店走廊里，一边喝酒，一边压低嗓子说话。我们的孩子已经两个月没上学了。他们的朋友是住在这里的其他孩子，那些孩子在这住几天，至多几个星期之后就搬走了。帕特里斯几乎带他们去遍了纽约的每个博物馆，他们还看完了《海绵宝宝》全集。坐在酒店走廊里，我和帕特里斯都认为去博物馆确实算家庭教育，但看《海绵宝宝》多少有点算不上——虽然我们告诉自己，《海绵宝宝》里坚持不懈的乐观主义和老少皆宜的有趣的对话方式对孩子们也有好处。

就这样过了 8 个星期之后，我们终于找到了新家（是帕特里斯敲定的，房子结构很结实），也把孩子送进了位于北部郊区萨默斯的一所公立学校。漫长的梦魇结束了。尽管这栋房子很结实，但它临近一条非常繁忙的大街，交通高峰时车头接着车尾，车辆络绎不绝。在学校的一次活动中，帕特里斯遇见了一位女士，她对我们家的装饰风格大加赞扬。她之所以知道我们家的装饰风格，是因为她曾恰好被堵在了我家门口，于是对我家的内部装饰进行了一番研究。有同样经历的除了她，还有数百人。买窗帘成了头等大事，当然，还要买车。

我们家老面包车的变速器坏了。停在车库坡道上观察车流打算汇入的时候，车就会向后滑下去。我发现了一辆能把我们一家 7 口都装进去的二手 SUV，但我手里的钱不够付首付，经销商倒是愿意为我们申请贷款，只是利率也很可观。我，纽约南区联邦检察官，别无他法，只能开口向自己的父亲求助，请他借给我 5 000 美元，好让我买一辆二手车。我父亲同意借给我钱，但我得打借条，付利息。我不想从父亲手里借钱了——当父亲的，居然真的要从他儿子手里要一张 5 000 美元的借条，还要收利息，更别说他儿子还在政府部门工作。况且买车也不是为了别的，是为了给他的 5 个孙子孙女买个安全的交通工具。但我更不愿想象帕特里斯开车带着 5 个孩子从车道的坡上滑下来。我给父亲打了借条。

几乎就在我正式就任纽约南区联邦检察官的同时，一名初审法官裁定，我们在调查 2001 年的“9 · 11”恐怖袭击事件时非法拘留了一名约旦公民。她的结论是，将有意逃跑的证人拘留起来直到出庭作证的法条只能适用于审讯证人。她这个判决是在“9 · 11”事件发生 4 个月之后做出的，如果得到支持，将破坏调查中的重要工具。与此同时，她还判定联邦调查局纽约办公室反恐小组的一名探员涉嫌不当拘捕行为。她这两个判决都大错特错，我们决定上诉。

司法部做出了反应。布什政府将针对恐怖主义的调查和起诉集中处理。联邦调查局总部指挥着联邦调查局手中所有的反恐调查，而司法部则密切控制着起诉决定。纽约南区的羽翼被折断了，至少在反恐案件上被折断了。他们打算从华盛顿派来一位资深律师，可能是泰德·奥尔森的副手之一，来处理上诉。史汀生的英灵不断抱怨，尽管在我的脑海里他说话的声音与玛丽·乔的声音差不太多。

我把从华盛顿派来的律师送了回去，宣布我会亲自处理这次上诉。如果纽约南区要保持自己的独立精神，我们就不能仅仅是一个司法区，一个司法部可以随意干涉的司法区。

对于司法部的领导来说，这样的举动是不寻常的。类似的举动，后来我也只在出任司法部副部长的时候做过一次，那次我穿着短裤在美国最高法院为一桩罪案辩护。此短裤非彼短裤，其实是比我正常的裤子短了大约 10 厘米。政府律师在最高法院出庭时一般会穿晨礼服和条纹西裤，我也不知道是什么缘故。司法部有一整衣柜的条纹西裤，但没有一条裤子的内缝有 97 厘米长。我穿了衣柜里最长的一条，把腰部放低，还穿了深色袜子，所以可能没人发现我的裤子有点短，只有坐在我身后的家人注意到了。

这一次，面对司法部的阻挠，我亲自为这个案子辩护，穿着我自己的裤子。第二巡回上诉法院批准上诉，并针对有关法条的适用性和反恐小组的行动推翻了初审法官的判决。但问题是，我不能亲自处理每一个案子。我没有人脉，没有家世，也没有钱，也许我根本没能力保护“我们”纽约南区免受司法部的影响。我可能会终结史汀生的精神遗产。可能这就是他们选中我的原因。

我与凯蒂·库里克见了个面，想至少为华盛顿方面对我和纽约南区施压添点阻力。这一天早上还不到 7 点，天还没亮，一个司机送我去迅速录制了福克斯新闻和哥伦比亚广播公司的采访，又把我送到洛克菲勒大厦，去参加 NBC（美国全国广播公司）《今日》节目的直播。然后，我还要去参加《早安美国》的录制。

NBC 的制片人轻声对我说，她会带我去凯蒂和我对谈的片场。她让我保持安静，因为节目的另一位主持人正在几米外的演播室另一边进行现场直播。凯蒂会跟我待在一起。我蹑手蹑脚地走进演播室，看到聚光灯下的马特·劳尔正看向我，对着镜头说话，从他身后的窗子看出去，能看到广场上的粉丝。我非常安静，跟着指引坐在沙发上。凯蒂一会儿要坐的扶手椅就在我左边，现在还空着，我脚边是个玻璃咖啡桌——严格来讲，是在我的小腿边。我坐下来，发现沙发和扶手椅都很小，我的小腿就抵在玻璃桌子上，我的两条腿不得不分开。我耳边一直回荡着我母亲的声音：“你是在谷仓里长大的吗？！”我母亲是个在城市出生、长大的女孩，对农村生活一点也不了解，我也不知道为什么，她每次让我们不要叉开双腿坐着的时候，都会这样说。

我不是在谷仓里长大的，我小时候住在郊区一座将近 150 平方米的牧场式房子里。我倾身向前把咖啡桌推开一点，这样我就可以跷二郎腿。咖啡桌挪动了大约 2.5 厘米，然后我注意到，再挪上这么多，咖啡桌就会从这个摆着桌椅的台子上掉下去，径直掉向直播间。我停了下来，凯蒂就在那一瞬间进来了，她坐在扶手椅上，微笑着说这个案子实在太了不起了，我们 10 秒以后就要开始直播。我就一直那么叉着腿坐着。我母亲看见了。

司法部的领导层也看见了。那天早上，他们一打开电视就能看见我的脸。我听说，他们快气疯了，但没人当着我的面说什么。因此，我更有动力参与访谈节目，向公众宣布重大案件，也更有意愿接触媒体编辑，接受那些具有全国影响力的杂志的访谈，给自己攒一些资本。人们都说，我是为了竞选，所以需要公众关注。没关系，随便他们怎么说。但实际上，我参与这些活动，是因为它们能赋予我保持独立的资本，而不是因为什么政治野心或虚荣心。我是为了史汀生先生，为了 1906 年，为了纽约南区能免受政治斗争的搅扰。也许有一天，可能会有哪位总统想要贿赂司法部呢？那时，大家会需要纽约南区的。那时，纽约南区会至关重要。

第十二章
在司法部

“司法部的判决必须公平公正，不受政治因素影响。司法部的调查权和检察权必须得以行使，而不受党派影响。”

——司法部手册

桑迪·伯杰就在国家档案馆里，摆弄着他的袜子。他是比尔·克林顿总统的前国家安全顾问，是唯一被授权在美国历史的殿堂——位于宾夕法尼亚大道上的那幢巨大的新古典主义建筑里，查看克林顿政府最敏感的机密文件的人。国家档案馆庄严肃穆，建筑师意图体现“保存在其中的那些文件的重要性、安全性和永恒性”。萨缪尔·伯杰，人称桑迪·伯杰，在2003年到访国家档案馆，要查找资料帮助前总统克林顿准备在“9·11”事件独立调查委员会面前为克林顿政府的反恐行动辩护。“9·11”事件独立调查委员会由国会设立，意在调查究竟是什么导致了“9·11”恐怖袭击事件。

这天，伯杰让一名档案馆员工出去帮他买一瓶健怡可乐，此时，档案馆中的文件依旧意义重大。但安全性和永恒性就不好说了。档案馆员工向主管汇报说："当我打开门，朝大厅走去的时候，他就在门口弯着腰摆弄一些白色的东西，看起来像是纸，那些东西散落在他脚踝和裤脚处，还有一部分从裤脚里伸出来。"

伯杰把高度机密文件塞进袜子里偷了出去，他瞄了一眼街对面的司法部大楼的窗户，确保自己没有被发现，然后把这些文件藏在了一个建筑工地。他看完当晚要用的材料后就离开了档案馆，取回了藏匿的文件，继续上路。袜子事件之后，档案馆开始给伯杰审阅的文件秘密编号，发现他来过后，总会有一些文件莫名其妙地消失。面对调查人员，伯杰撒了谎。几个月之后，他才承认他拿走了 5 份机密文件，销毁了其中 3 份，把剩下 2 份和他的个人笔记送了回来，这些笔记也是他偷偷带出档案馆的。但司法部的结论是，他没有影响到"9 · 11"事件独立调查委员会的调查，因为他偷走的东西都有备份。

我是在司法部刑事司针对伯杰偷窃案展开调查后，才升任司法部副部长的。我并未料到，我在纽约南区担任联邦检察官仅仅 2 年后，就被调到华盛顿。我知道帕特里斯不喜欢住在纽约——"你是不是想让我死在纽约？"她总这样说。但出乎我意料的是，白宫居然让我去参加司法部副部长的面试，那可是司法部的二把手。我担心她会犹豫，因为这相当于让孩子们离开他们刚刚适应的环境，他们好不容易实现了不错的连续入学记录。但帕特里斯立刻对我表示支持："你在开玩笑吗？我当然同意啊！什么时候去？"就我本人来讲，我也想搬走，因为每天单程就需要将近两小时的通勤实在让我痛不欲生。我总是缺席孩子们的游戏，缺席家庭晚餐，没时间给他们洗澡，也没时间给他们讲睡前故事。很多在纽约法律圈的同行都不理解我为什么会放弃纽约南区的职位，尽管新职位看起来是晋升。在他们看来，只要离开纽约南区，就算不上晋升，因为纽约南区自主性大，算得上检察官职业生涯的巅峰。但他们并不知道我们的生活环境给我们带来了多大的痛苦。

我们把纽约的房子卖了，趁着美国房市的泡沫赚了一些钱。我们用这些钱在弗吉尼亚北部买了新房子，还提前还清了欠我父亲的钱。司法部副部长的工作难度很大，压力也很大，但离家只有十几公里，而且我生平第一次有了司机。我能够参与家庭活动了。同时，当领导意味着司法部的工作人员可以来见我，无论我在哪里。这样，我就有了和家人在一起的时间。就像帕特里斯经常提醒我的那样，我终于有机会为家人树立榜样了。"要是司法部副部长都不能参加（某些儿童活动或游戏），谁能呢？"当然，司法部有很多事需要我处理，尤其是在涉及国家安全的案件中。

在"9 · 11"恐怖袭击事件之后的最初几年里，只有司法部部长和我有权根据《外国情报监视法案》（FISA）对恐怖主义案件进行紧急电子监视授权。司法部的工作人员不会在晚上和周末打扰司法部部长。我的床头有一部安全电话，司法部的律师们可以在晚上给我打电话，寻求我的紧急批准。但这后来变成了惯例。当时，政府需要向外国情报监视法庭提交正式书面申请，这个流程要走三天。我本人需要签署这份申请，也就是说，无论我在哪里，司法部的律师们都得来找我。他们来得太频繁了，孩子们都认识他们了，也认识了他们上了锁的机密材料公文包，尽管孩子们并不知道里面装了什么，也不知道 FISA 是什么。现在，我一闭上眼睛，依然能听到狗在叫，我 8 岁的女儿在楼梯上大喊："爸爸！ FISA 女士来了！" 来访的律师大多是女性，这也是为什么孩子们会称呼他们为"FISA 女士"。他们才华横溢，行事谨慎。我希望他们保持这份谨慎，千万别告诉别人他们来的那天，我得带着他们绕过客厅地毯中间的狗粪，走到我办公室去审核那些申请。"完事我就回来处理这个。"我一边说，一边为此向他们道歉。

桑迪·伯杰的案子是我出任司法部副部长之后听取汇报的第一批案子。我一边听一边摇头。这个案子本身不复杂：嫌疑人偷窃，还说谎，应该被起诉。说起来，他正是在司法部的窗户外面实施的犯罪行动。一年以后，我依然是司法部副部长，而桑迪·伯杰依然没有被起诉。我不太理解，所以让办公室主任安排了我和克里斯托弗·雷之间的周会。克里斯托弗·雷时任助理部长，分管刑事司，在我被解雇后接任联邦调查局局长。克里斯托弗非常聪明，有原则，也很勤奋。同时，他还是个非常谨慎的人——黄灯亮起就踩刹车，饭后 30 分钟内绝不游泳。

在每周的周会上，我都会追问案件进展。雷手下的职业检察官已经走到辩诉协商流程，但伯杰的律师不肯配合。他们想再与国家档案馆确认一些细节，在提起诉讼之前，先解决一些机密问题。我对他们的借口嗤之以鼻，说我等着看下周他们还能拿出什么借口来。对克里斯托弗·雷施压，我感到于心不忍，因为我很欣赏他，但他手下的人在拖他的后腿。就算桑迪·伯杰手眼通天，我们依然要对他提起诉讼。

周会开了一个月之后，我的办公室主任查克·罗森堡私下里来找我，让我不要再继续下去了。他理解我们所面临的紧迫感，也同意我的做法，伯杰的所作所为已经公之于众，但司法部迟迟没有行动，这会削弱民众对我们的信任。可是，他说："尽管你自己不这么认为，但你毕竟是共和党提名的，现在向你手下的职业检察官施压，要起诉上一届民主党政府中的重要人物。这样做对司法部不利。"当然，这不是我的本意，不过他说的对。绝对不能给民众留下政治因素可以影响起诉决定的印象。作为司法部的二把手，我是通过政治任命获得这个职位的，一直向下施压会给人一种印象，让人疑惑我的所作所为是不是出于什么政治目的。我止步于此，再也没过问过伯杰的案子。

2005 年，就在我卸任司法部副部长职位前不久，也就是伯杰案发生近两年后，司法部终于让他承认了一项轻罪，结了这个案子。司法部建议缓刑，同时判处他缴纳一万美元的罚款。在我看来，这个判罚太轻了。伯杰窃取了最机密的信息，拿走了绝密文件，这些都是很敏感的东西，而且他说了谎。但我不知道司法部的决定是否合理，因为我没参与这个案子。我置身事外是为了守护司法部。

司法部的领导人由总统任命，并征求参议院批准，这个流程很有道理。司法部在政策问题上有很重要的自由裁量权，比如优先处理哪些犯罪，或如何处理反垄断纠纷。与此同时，司法部也应通过政策选择对总统选举中体现的民众意志予以回应。但是，如果政治关系凌驾于司法部之上，就会带来矛盾，因为执法必须公平公正。这就是为什么我的办公室主任让我不要再对桑迪·伯杰案施压了。

我喜欢北卡罗来纳州外滩那些群岛，它们像屏障一样拱卫陆地。我去过其中一个地方，有两座岛屿紧挨着，海水从它们之间的罅隙中汹涌扑过，打在海滩上，发出巨大的声音。那里水流湍急，似乎即便没有陆地，海浪依旧汹涌。我一直在想，司法部的领导就像是站在那里，站在政治世界的汹涌与非政治世界的静流之间。他们既要回应总统与支持总统的选民所代表的政治诉求，又得保护司法部下面成千上万的探员、检察官和工作人员的工作不受政治因素干扰。只要司法部的领导者们能理解其中的暗流涌动，就能找到立足点。而他们一旦失足，海水就会立马淹没他们的声音，司法部就会成为另一部政治机器，丧失其在美国人民生活中的独立地位，其守护者也会被吞噬。

即便作为司法部副部长，负责监督司法部众多检察官，我也必须小心谨慎，不能过多地关注任何一起有政治色彩的案件。总统们更是需要远离这里。要想做到这一点，他们得记住：不能太过在意某个单独的案件。

政治领袖们讨论几个案子倒是无妨，但他们得与某个单独的案子保持距离，这是政治与违法之间的红线。总统在竞选时应该告诉民众，他希望司法部对哪类案件给予关注，比如环境、枪支或是儿童剥削问题。美国人民应该通过他们选出的领导人，对司法部工作的侧重点享有发言权。每一位新总统上任的时候都会对司法部有些期许，希望新上任的司法部部长能执行他的想法。这是正常的。

但是，除非直接涉及国家安全的罕见情况，否则总统绝不能就某一特定案件针对某个特定的人物发表意见或发布指令。总统不应该单独讨论个别刑事案件，只有这样才能向美国人民保证，正义女神始终头戴眼罩，决议将根据事实做出，不受政治或特权因素的影响。不会有人仅仅因为政治立场不同而被迫入狱。

乔治·W. 布什明白这点。“9·11”恐怖袭击事件发生之后的每天早上，他都要与司法部和联邦调查局的领导们在椭圆形办公室里开晨会。我们会向他简要介绍我们正在监视的恐怖主义嫌疑分子，告诉他我们都逮捕了哪些人，也会向他汇报最新的案件起诉情况。他从未就某一特定案件发表过看法，也从未问过我们某个案件如何起诉。他只是默默倾听，因为美国人民希望他在这一国家头等大事上了解最新情况，以阻止另一起“9·11”事件的发生，但他从未开口谈过哪个特定案件。他会问我们优先处理哪些案件，我们特别关注什么样的案件，以及我们为什么关注。

当然，他可以就某个案件对我们施压，或严打某人，或放某人一马。宪法中没有任何条款禁止他这样做。由此看来，就行政部门的设计而言，唐纳德·特朗普声称自己有权指导个体案件的审理过程，很可能是正确的，尽管不会有人认为他是个法律学者。他说："我是可以完全参与其中的。我觉得，我实际上是这个国家的首席执法官。"他在其他场合也说过："我有绝对的权利对司法部做我想做的事情。"

乔治·布什当然明白，他有权指导包括司法部在内的行政部门的所有活动。他有权下令起诉某人，或撤销某个案件。他可以敦促司法部放了某个人或把某个人关起来。但他从来没有这样做过——即便我就坐在椭圆形办公室里离他几十厘米远的地方，监督针对他的高级顾问展开的调查，即便这是项公开调查，很可能会让他在大选年一败涂地。

人们会在调查过程中撒谎，理由各种各样，有时根本没有任何理由。长期以来，高级政府官员也是如此。国家档案馆的年轻员工出去给桑迪·伯杰取一杯可乐，然后亲眼看见他把机密文件塞进袜子里，但这名前国家安全顾问依然信口雌黄。这种事一直在发生。在我担任司法部副部长的时候，也遇见过一件奇怪的事情。

2003 年 6 月，在美国入侵伊拉克几个月后，记者罗伯特·诺瓦克在一篇文章中透露了一位中央情报局（CIA）卧底探员的名字，尽管当时联邦法律规定，泄露中央情报局卧底员工的信息是犯罪行为，因为泄露信息会将这位特工及其海外线人置于十分危险的境地。在这起泄露事件发生几天前，这位中央情报局员工的丈夫曾在报纸上发表一篇评论文章攻击布什政府，称其发动伊拉克战争的主要理由——萨达姆·侯赛因正企图获得核材料——不过是一种政治报复。

诺瓦克说，他的消息来源于布什政府内部的2个人。但我们很快发现，多达6名布什政府官员与记者谈论过这位中央情报局卧底探员。副国务卿主动联系了司法部，承认自己就是那名记者的消息来源之一。很显然，布什总统的白宫首席政治顾问卡尔·罗夫是第二个消息来源。

有证据表明，还有第三名官员参与其中。副总统迪克·切尼的办公室主任，被称为“滑板车”的刘易斯·利比曾对好几名记者提到过这位中央情报局探员的事情。我做司法部副部长的时候，利比接受了联邦调查局的问询，他承认泄露过这位探员的名字，但他说，他是从一名记者口中知道这位探员的。他不过是说了个闲话，并不是有意泄露机密信息。三年之后，陪审团断定他在说谎。

禁止披露秘密情报人员身份信息的相关法律，要求找到嫌疑人的明确作案意图，而这点在本案中很难证明。这起案件看起来不过是高级官员之间在闲聊八卦，只是内容不太合适而已。

这使司法部陷入了两难境地。虽然调查人员都很专业，但我知道调查会很困难，司法部部长约翰·阿什克罗夫特是共和党人，罗夫曾为他策划过一场在密苏里州的政治竞选。如果没有足够的证据，司法部在不提出指控的情况下结束对同事的调查，还想让人信服，是很困难的。

我们必须尽一切可能维护司法部的信誉，确保公平公正，保护司法部的信任池。阿什克罗夫特明白这一点。在与他会面时，我建议他回避这个案子，他同意了。作为一名通过政治任命产生的司法部高官，我不可能用平常的方式去监督这个案件。我们不能让司法部插手这个案件，所以我任命我的前同事——时任芝加哥联邦检察官的帕特里克·菲茨杰拉德来负责监督整个调查。尽管菲茨杰拉德的职位也是产生于政治任命，他还是我的好朋友，但他独立自主，盛名在外，而且他是芝加哥的联邦检察官，远离华盛顿这个政治中心，民众不会把他视为政府机关的傀儡。

2003 年 12 月，我举行了一场新闻发布会，宣布菲茨杰拉德将全权负责调查这个案子。司法部一般会针对引起公众重大关切的案件召开新闻发布会，主要是为了宣布调查开始或结束，即便最终没提起诉讼。委任一位特别检察官调查现任政府这种事绝对是大新闻，而且我也能预见到，我这个决定在白宫内并不受欢迎。副总统切尼对我的决定尤其生气，明确地表达了他的不满。

但布什总统并没有。在调查过程中，我有好几次与总统先生共处一室，还在他的私人餐厅里就国家安全局的监控行为进行了一场让我十分紧张的谈话。他的连任竞选危机重重，竞争对手将这个案子作为他任内领导层腐败的证据。他头上阴云密布，但他从未提过这个案子。他从未把自己身上的压力转移给我一分一毫，就好像这个案子压根不存在一般。

2005 年 8 月，我卸任司法部副部长的职务。当周，我带着帕特里斯和 5 个孩子到白宫告别，在椭圆形办公室与布什总统拍了一张告别合照。孩子们总觉得我在司法部的工作很酷，尤其是那几个小的，还没走就开始想念负责安保工作的法警叔叔们。而当时在上高中的大女儿则不然。因为我和帕特里斯怀疑有一天晚上，她未经允许和一个我们不信任的男孩子出门了。我们追问她，还利用审讯的经验吓唬她说安保小组的一名成员发现了她，她撒谎也没用。她最终承认她确实出去了，垂头丧气，还对安保小组无孔不入的保护印象深刻。过了 15 年，我们才告诉她，我们是吓唬她的。所有的孩子都十分吃惊，因为他们已经对这个故事深信不疑，还觉得安保小组是传奇般的存在。确实，我不能欺骗美国人民，但这是育儿之道。两者适用的规则是不一样的。

当时，在我的职业生涯即将结束的时候——至少我觉得要结束了——我们 7 个人紧张地挤在白宫西翼的走廊里，就在罗斯福厅的对面，压低声音讲话，因为椭圆形办公室的门是开着的。白宫的一位工作人员告诉我，总统刚刚结束与卡尔·罗夫的会面。我听见了布什的声音，他正在与罗夫说话，而后者当时还在接受司法部的调查。

“嘿，你出去吧，”布什说，“科米要来了，走那边，别让他看见你。”

然后，总统笑着从椭圆形办公室里走出来，招呼我们进去。椭圆形办公室里一个人都没有，我们没看到罗夫。

10 年之后，我成了联邦调查局局长。巴拉克·奥巴马用行动表明，他也知道要与具体案件保持距离。他与联邦调查局局长也保持着距离。他面试我的时候，他的白宫顾问也与他一起坐在办公室里。他还告诫我说，一旦我上任，我们就不能再这样随意地谈话了。他确实做到了。尽管我十分喜欢打篮球，也明知道他就在楼下联邦调查局总部的体育馆打篮球，但我一次也没下去过。

2003 年年底，我到华盛顿出任司法部副部长时，我需要向民众讲述的话题越来越多：公司欺诈、毒品、枪支、恐怖主义，还有一系列因为我们越来越依赖互联网而带来的犯罪行为——儿童色情、身份盗窃、电脑黑客等。美国民众需要知道，为了保护他们我们做了什么，以及我们为什么要这么做，这样他们才能够信任我们。

在我出任司法部副部长期间，引起民众困惑和关心的案件有很多，其中一件是布什总统决定不经审判就将美国公民何塞·帕迪利亚关进军事监狱。帕迪利亚曾是一名芝加哥黑帮成员，与“基地”恐怖组织有关系。司法部也对“基地”组织提起过一系列成功的诉讼。我在曼哈顿做联邦检察官的时候，我们逮捕了帕迪利亚，并将其视为某个恐怖主义调查的重要证人。就在此时，总统下令将他移交美国军方，军方要将其以“敌方战斗人员”的身份关在军事禁闭室里。我被这个命令惊呆了。我从来没有听说过一个美国平民，在美国的国土上，可以不经过审判就被军方带走。但我并没有理由怀疑总统的命令不合法，所以我服从命令，将他移交给了军方。

回家之后，我告诉帕特里斯，军方派人带走了一名我们拘留在刑事执法系统内的美国平民。“什么？”她说，“怎么可能？这种事情怎么可能发生在美国国土上？”我解释说，是布什总统行使了他在战时的行政权力逮捕敌人，即便这个“敌人”是身处美国的美国人。这种事情是有先例的。二战时，罗斯福总统就曾下令对在纽约被捕的一名美国人进行军事审判，林肯在内战时也曾把一些平民当作被俘的敌人。但我说我其实并不知道到底发生了什么。“天哪，”她说，“那这个人肯定是犯了大事。”

她说的对。帕迪利亚的案子引起了公众的极大兴趣与争论，这也是可以理解的。而因为公众对帕迪利亚这个案子知之甚少，他们对政府部门的疑虑和争论只会增加。勤于思考、思维缜密的人都想知道，这个案子是否代表着美国法治的根本性转变，美国是否会发生一些令人不安的变化。如果一个公民仅仅因为总统的一句话就被监禁，那还有什么不会发生呢？这是不是意味着从此以后，没有一个人能逃过从天而降的军事监禁？美国是要走上独裁之路了吗？

身为一名联邦检察官的我，没办法解决这些有可能颠覆美国政府的疑虑。我接触不到帕迪利亚案件的机密信息，军方带走他后，这个案子就不在我的管辖范围内了。但当我成为司法部副部长之后，情况发生了改变。作为国家安全委员会的一员，我可以参与涉及国家安全的决策制定过程。同时，司法部要为军方监禁帕迪利亚的行为提供辩护，而我是司法部的二把手，因此我能够接触到很多信息。

我读了很多当时的机密材料，得知帕迪利亚承认他在阿富汗会见了“基地”组织的领导人，接受了恐怖主义训练，包括专门的爆炸训练，然后回到美国计划发动大规模袭击。我意识到，美国人民如果能够尽可能多地了解到这些信息，他们一定会从中受益，而且他们完全有权利知道总统为什么一定要动用行政权力做这些。同时，我还意识到披露这些信息并不会对某些消息来源和渠道造成影响，因为尽管有一些信息的确来自被缴获的文件，比如帕迪利亚在阿富汗“基地”组织训练营填的表格（上面有他的指纹），但大部分信息都来自军方对帕迪利亚的审问结果。

帕迪利亚的口供永远不会被美国法庭采纳，因为他孤身一人，没有律师，但从他的口供中，我们能看到他的确是一名危险的恐怖分子，而司法部无法通过现存的刑事系统阻止他的行为。我催促下属调查他在军方是否受到了虐待，他们向我保证没有这回事。帕迪利亚的口供无法被法庭接受，但他也不是被屈打成招的。

没有足够的、能够被法庭接受的证据来起诉他，又不能把他驱逐出境，因为他是美国公民，也不能像电视上演的那样，放了他，然后派人跟踪他，持续有效地监视某人几乎是不可能实现的，尤其是在城市环境中。布什总统别无选择，为了保护这个国家，他只能做出一个善意的决定：利用军事拘留来拯救无辜的生命。他做得也许对，也许不对，但这一切并不是出于一时冲动。

我催促下属去查帕迪利亚案的信息有多少可以解密，国会中民主党人和共和党人对这个案子的强烈关注，也推进了我的行动。

终于，在美国情报界的一致同意下，司法部针对帕迪利亚案提供了一份详细的非机密信息摘要。因为国会对此很感兴趣，我们把这份摘要送到了参议院司法委员会，司法委员会迅速将它公之于众。然后，我站在司法部的摄像机前复述了公开摘要中的内容。我在媒体面前发声，是为了确保披露的信息得到应有的关注。我并不是想争取什么政治名声，也不想诽谤帕迪利亚。我只是想告诉美国人民他们所关心的真相，逐渐培养起民众对司法部的信任。公开透明对赢得信任至关重要。

在帕迪利亚案中，美国人民需要了解细节，需要知道这个案子非同寻常，政府采取的应对措施并不代表政府放弃了法治。帕迪利亚是个坏人，一心想做恐怖的事情，他自己也承认了这一点，但我们没有足够的证据把他送上民事法庭。同时，尽管他要攻击美国，我们也不能把他赶出国境，因为他是美国公民。声明发布后，除了对我的攻击，有关帕迪利亚案的争议都平息了，美国人民对司法部的信任得到了保护，我们的努力没有白费。

司法部在事关重大公共利益的案件中披露未被起诉者的行为细节的传统——通过公开透明保护信任池，日后将成为我职业生涯的核心。

但站在 2004 年的关口，我还没有认识到这一点。我无法预见到，在 2014 年密苏里州弗格森枪杀案中，迈克尔 · 布朗的死亡给美国社会带来的痛苦，会导致司法部披露联邦调查局的完整调查报告。我也没有预见到，民众对司法部的不信任会导致我们需要解释，我们究竟在2016年针对国务卿希拉里·克林顿的调查中发现了什么，为什么没有对她提起刑事诉讼。我没有认识到，一个特别检察官对总统展开的调查若不能公开透明，会对司法部带来怎样的影响。

不过，我很快就会认识到这些了。

第十三章
全部真相

27年前，“苍蝇”偷了毒品，而负责案件的探员无法确定证物库里的现金面额，我的上级要求我说出真相。现在，我是联邦调查局局长。发生了一件很可怕的事情，我需要把真相告诉全体美国人民。

那是2015年6月的一个夜晚，空气潮湿得都能攥出水来。一名21岁的顶着锅盖头发型的瘦削男子穿着一件灰色运动衫，挎着腰包，从一处侧门溜进了某个地方。他叫狄伦·斯托姆·鲁夫，是个白人至上主义者，他走进的是位于查尔斯顿市卡尔霍恩街的伊曼纽尔非裔卫理圣公会教堂[①]。他同一个定期祈祷小组一起坐了一个小时，是这个传统非裔美国人教会的唯一一个白人参

① 伊曼纽尔非裔卫理圣公会教堂建于1816年，当时超过75%的黑人社区民众都加入了该教会，是美国历史最为悠久、影响力最大的黑人教堂之一，被黑人尊为“伊曼纽尔妈妈”，象征着美国南部黑人的独立自由。——译者注

与者。在对《圣经》章节进行了讨论之后，鲁夫站起身来，从腰包里掏出了一把口径 0.45 英寸的格洛克 41 手枪，出于种族主义仇恨，开始杀害教会成员。他换了 5 次弹夹，一共枪杀了 9 个无辜的人。他留下了其中一位女士的性命，告诉她说，留她一命，就是为了让她告诉其他人他做了什么，他为什么这样做。随后，他大摇大摆地走出了教堂。案件发生后，地方警局和联邦调查局铺开警力围捕，终于在 3 天后将鲁夫抓捕归案。

两个星期后，也就是 7 月 9 日，星期四，我与负责联邦调查局相关报道的记者召开季度例会。这类例会被称为“笔本例会”，因为会上不允许拍照，也不允许录音。安排这样的会议形式，是希望如果我着装随意一些，且只回答那些经过深思熟虑的问题的话，能让与会双方进行更为坦诚的实质性交流。每 3 个月，这样的会议会在联邦调查局总部的局长餐厅里举行一次。这个餐厅是在 20 世纪 70 年代初建造的，它包括一个完整的供主厨使用的厨房，目的显然是为埃德加·胡佛提供一个盛大的就餐场所。但还没等到餐厅竣工，胡佛就死了，而我更倾向于在办公桌前吃一个三明治。尽管如此，这依然是个接待外国访客、与媒体交谈的好地方。

开这些会的目的是通过媒体向美国人民详细描述联邦调查局的工作。7 月 9 日的会议显然达到了这一目的。会议涵盖的主题十分广泛，尤其是关注到了“伊斯兰国”，这个恐怖组织占领了叙利亚和伊拉克的部分领土，并煽动美国人在国内开展暴力行动或迁往“哈里发国”。记者们坐在铺着蓝色桌布的巨大的长方形餐桌边上，没有一个记者就伊曼纽尔非裔卫理圣公会教堂的惨案提问。涉案凶手鲁夫已经被逮捕，公诉方正在对其提起诉讼。

开完会后，我下午晚些时候会见了领导联邦调查局科学与技术部门的职业特工艾米·赫斯。科学与技术部门包括联邦调查局在西弗吉尼亚州的巨大设施，管理着联邦枪支背景调查系统。联邦调查局的员工每年会从枪支经销商那里获得数百万次信息，对每个想购买枪支的人开展背景调查。这个部门的员工是联邦调查局里最辛苦的，当时由于人们担心奥巴马政府会出台禁枪令，枪支购买量激增，他们的工作量也因而急剧增加。

执行助理局长赫斯想见我，是想告诉我她对鲁夫案的一些了解。赫斯 50 来岁，身形高大匀称，依然能看出宇航员的仪态。她在普渡大学获得航天和航空工程学位后，计划做一名宇航员。当她还是一名研究生时，联邦调查局招募了她。尽管她并未达成踏入太空的夙愿，但她已成为局里闪闪发光的明星。她看着会议桌对面的我，说道："我们犯了个错误。我们不应该让狄伦·鲁夫买到枪，这样他就不会枪杀查尔斯顿那么多可怜的人。"

就像每次在联邦调查局听到什么可怕的消息时一样，我目不转睛地注视着她，问道："还有什么？"她继续说了下去。鲁夫在试图购买格洛克 41 前不久，因持有毒品而被捕。当时，由于南卡罗来纳州的地理位置以及各地政府之间信息同步不及时，接到电话核实鲁夫是否有资格购买枪支的人，在核实鲁夫是否有犯罪记录或吸毒史时，选择了错误的警局。如果他选择了正确的警局进行核实，就会发现鲁夫曾亲口承认自己吸毒，这样鲁夫的枪支购买申请就会被驳回。但鲁夫最终买到了枪，杀死了9个无辜的平民，仅仅因为他们是黑人。我感到十分悲伤。

在听艾米·赫斯讲述的过程中，我很快意识到了三件事：第一，局里必须立刻就这个问题发表声明；第二，我们得告诉受害者的家人这个信息；第三，我需要确保那个负责核实枪支购买者背景的工作人员不会出事，因为这个错误其实是可以理解的。我让局里的公关人员第二天上午再组织一次记者会，然后我问到了位于西弗吉尼亚州的那名员工的电话号码。

第二天早上，我用私人电话给负责核实枪支购买者背景的工作人员打了个电话，他非常痛苦，我也很受触动。我得知联邦调查局在查尔斯顿的工作人员已经与受害者家人见面了。然后，我走进餐厅，在记者们面前，坐在昨天坐的那把椅子上。我环顾四周，看到桌子上放满了纸质桌签，像拉链一样摆在桌子两侧。我感到一股情绪涌上心头，吓了我一跳。我停下来深吸一口气，然后把真相告诉了他们。我告诉他们，联邦调查局的所有人都为这件事感到痛心，我们希望扭转局势，但时光无法倒流。

与司法部一样，联邦调查局也依靠着美国民众对其所抱有的信任前行。如果联邦调查局不能获得民众的信任，就无法保证民众的安全，无论是在法庭、街角还是露营地，都是如此。要想获得信任，就必须说出真相，好事要说，坏事也要说。我们做得确实不好，我们欠国家一个真相，也欠受害者一个真相。披露真相是司法部的核心理念。美国人民可以决定如何对待这个真相，但他们必须先知道真相，所有的真相。

我从没想过自己会出现在局长餐厅，因为我从没打算成为联邦调查局局长。2011 年，当罗伯特·穆勒的 10 年任期结束之时，他告诉我，我应该成为下一任局长。我拒绝了。白宫顾问办公室的人也通过我的一个朋友问我对这个职位是否感兴趣，我朋友问完我的意见后，回复他们说："他不感兴趣。"我并不想回到政府机构，尤其是做这样一份压力巨大的工作。2005 年离开司法部之后，我被诊断出患了癌症，经历了一系列痛苦的放疗、手术和化疗。直到现在，我的身体还有很多问题，我的脚和手指尖总是麻的。癌症留下的后遗症会让处理联邦调查局局长的日常工作更加困难。我当时在桥水基金工作，桥水基金的总部位于康涅狄格州，我当时在公司做总法律顾问。愚人节那天，我的同事们精心策划了一个愚人节笑话，他们装作总统的人，给我打电话，想给我施压，让我接受联邦调查局的工作。他们策划得很好，但我压根没接那个电话。我一点也不想去。最终，国会将穆勒的任期延长了两年。

两年之后，电话又打来了。这次是司法部部长，问我想不想去面试。帕特里斯一直在鼓励我，于是我同意到华盛顿去。不久之后，奥巴马总统宣布我即将接替罗伯特·穆勒出任联邦调查局局长。我自己搬到了华盛顿，帕特里斯带着孩子们住，我周末一有空就回家。他们打算再等两年，等学校的事情都弄好了，再跟我一起到华盛顿来。这样也好，因为我手头的事情太多了，真是千头万绪。

由于联邦调查局的实验室审查员提供了错误证词，有人被审判、处决；由于联邦调查局的实验室夸大了毛发比对的重要性，有人蹲了几十年监狱。我出任联邦调查局局长后得知了这些，感到非常震惊。

毛发与指纹不同，毛发的形状和颜色不能被用来确定嫌疑人的身份。在人类可以对毛发进行 DNA 分析之前，毛发比对分析只能将毛发来源缩小到某一群体，并不能锁定某个具体的人。这是因为没有人研究过不同人身上的毛发在显微镜下看起来是否不完全相同。正因如此，毛发可以用来排除嫌疑人——“这不可能是他的毛发，因为看起来完全不一样”，但不能用来确认罪行。审查员说过的最多的一句话可能就是，在某个犯罪现场找到的毛发“与被告的毛发相同，但我们不能确定其他人是否也有这样的毛发”。也就是说，这样的毛发可能来自被告，也可能来自别人。毛发最多就是个辅助证据。

从 20 世纪 70 年代开始，一直持续到 90 年代末 DNA 分析成为毛发比对的一部分，在这几十年间，联邦调查局的证人将毛发证据夸大了许多，甚至远超出了科学检测能证明的结果。由于没有标准告诉他们能说什么，不能说什么，同时实验室环境也给予人们极大的自信——乃至自傲，联邦调查局实验室的证人开始向陪审团暗示毛发可以证实嫌疑人的身份。他们经常在报告中说，犯罪现场发现的毛发“与被告头上的毛发一致”。这太糟糕了，但在法庭证词中，情况变得更糟。有时他们会告诉陪审团，他们经手过成千上万个案子，但从未发现过两个人的毛发在显微镜下看起来一模一样。有时他们还会进一步说，在他们看来，在犯罪现场发现的毛发很有可能，或几乎可以肯定是被告的。有时，他们甚至会公开“撒谎”，告诉陪审团在受害者毛衣上发现的毛发就是被告的头发。

联邦调查局的人并非有意撒谎。他们之所以这样说，只是因为他们相信自己的工作成果。他们并无恶意，但即便如此，这依旧大错特错。他们这些断言没有任何一条有科学依据，但法庭上没人知道这一点。联邦调查局的科学家这么说，检察官为此辩护，陪审团也相信了这种说法。20 世纪 70、80、90 年代，全国各地的联邦法院和州法院就这样处理了数千起案件。这是彻头彻尾的灾难。也许大多数被告都有罪，联邦调查局的证据也可能无关紧要，但毋庸置疑的是，一定会有某些案件将联邦调查局的证据视为关键证据。而这些案件的被告可能还在狱中，或已被处决，或即将被处决。

他们中一定有一些人是无辜的，仅仅因为这些毛发证据而被定了罪。从 2009 年开始，哥伦比亚特区有几名被告因 DNA 比对技术而洗脱了暴力犯罪的罪名，而在这些案件中，联邦调查局实验室的员工曾作证称毛发匹配。《华盛顿邮报》报道了这些案件，推动联邦调查局采取行动。

2012 年，罗伯特·穆勒局长与“昭雪计划”和美国刑事辩护律师协会达成了一项私人协议，加快审核所有之前含有毛发比对的证词，形成系统化流程，优先考虑被告尚未被执行死刑的刑事案件。一年后，当我成为联邦调查局局长的时候，了解了这个问题和处理程序，处理过程仍在继续。这个项目的规模十分庞大，要审查数以千计的旧文件，还得查找之前的庭审记录，去了解联邦调查局的人当时对陪审团说了些什么。2015 年，我们很明显遇到了大问题。

截至 2015 年 3 月，在 3 000 例涉及毛发比对的案件中，我们已经审查了 500 例，在 268 起案件中，联邦调查局实验人员提供的相关证词在庭审中将被告定罪，其中 257 起案件的证词有问题，占比约 96%。在 35 份死刑判决中，有 33 起案件的证词有误，而其中 9 名被告已经被处决，5 名被告在收押期间因其他原因身亡。联邦调查局的实验人员曾在 41 个州出庭作证，几乎所有含有毛发比对的证词都是错的。

这太可怕了，公众完全不知道我们曾经的工作有多糟糕。我决定告诉他们，所以联邦调查局与参与这个项目的其他机构发表了联合媒体声明。我的目的并不是损害联邦调查局的形象，而是迫使联邦调查局正视问题，修正问题，迫使政府机构采取补救措施，挽救正义。我还想锁定事件规模，这样各方都没有退路，因为我太了解刑事执法系统内部是如何处理错误的了。

人们在承诺追求公正时总是慷慨陈词，但要想让他们承认其在追求公正的路上所犯下的错误，却十分困难，其中很大一部分原因在于，对人们来说，不公正通常只是一个抽象概念。当我听说实验室的人员对我的处理方式十分不满时，我下去跟他们其中一些人一起吃了一顿午饭。这些科学工作者没有参与过那些涉及毛发比对的案子，但实验室就是他们的事业所在。他们一边吃着三明治，一边表达了他们的忧虑：他们很担心实验室将来的声誉和士气。他们辛勤工作了 20 多年，修理实验室，添置专业设备，招募科学工作者，产出一以贯之、有理有据的实验结论。我的这个做法无疑会对实验室造成损害。他们还担心与我们合作的那些辩护组织会缩减检测项目——质疑除 DNA 之外的所有比对实验的合法性，取消对油漆、纤维、轮胎、子弹、笔迹和声音模式的对比分析，进而取消在调查中能够发挥作用的其他分析。

可能会吧，我说，但我们必须承认，由于我们在数百个案件中举证不当，可能会导致无辜人员被收监入狱。我们得解决这个问题，而联邦调查局因此遭受的影响只能先放一放。他们都点了头，表示同意我的观点。可我依然能感觉到，尽管他们既聪明又善良，但对他们来讲，几百个无辜人员这个概念依然很抽象，不够有冲击力。这几百个人并不在他们眼前。如果有一个被定罪的无辜人员现身说法，就算他不是因为毛发比对被定罪的，也会带来强烈的冲击。如果他们像我一样记得杰夫·考克斯，就能感受到不公正的后果有多么严重。

考克斯坐在那里发呆，眼神如一潭死水一般。大部分在经历了全部上诉流程后依然需要终身服刑的罪犯，要么会愤怒地抗议说自己是无辜的，要么会承认自己的罪行。但杰夫·考克斯没有这样做，他只是低头坐着。当时，一名联邦调查局探员在州监狱，他正在调查弗吉尼亚州中部地区的一系列持刀杀人案，似乎是连环杀手所为。考克斯因被指控在里士满残忍地持刀杀害一名老妇人而被判有罪。据目击者称，有两名男子参与了绑架和谋杀，但只有考克斯被抓住了。也许他就是连环杀人案的罪魁祸首，又或者他能为寻找连环杀人案的凶手提供线索，所以办案探员决定到詹姆斯河畔的州监狱一探究竟。考克斯面无波澜地解释说，他没办法提供任何帮助，因为他压根就没犯罪。如果他真的犯罪了，他会说的，因为他已经没有什么可失去的了。但现在，他因为自己没有做的事情而失去了所有的东西，于是也就没什么可讲的了。这让办案探员不寒而栗，他审问过上百名囚犯，但没有一次在走出监狱时感觉到大错特错。他连觉都睡不着，眼前一直晃着考克斯的脸，和他那像一潭死水一样的眼睛。

这个案子十分血腥。1990 年，在里士满，一位名叫伊洛易丝 · 库珀的老妇人半夜被一名持刀的男子拖出家门，她病弱的丈夫大声呼救。凶手将她拖入一辆等在路边的车里，那辆车里有他的同伙，然后他们驾车扬长而去。这个案子有两位目击者，一位是住在隔壁的单身母亲，另一位是街上的一名男子。第二天，库珀太太被发现了，她在不远处的一个公园里被刺死了。

社区民众震怒，里士满的警察开始调查，一位具有丰富的凶杀案办案经验的传奇警探带领调查小组对凶手展开围捕。他们得到消息说，凶手杀人是因为他们被与伊洛易丝 · 库珀住同一街区的某个毒贩骗了，所以是报复杀人。他们提出了一种假设（后来被证明是正确的），认为库珀太太是被误杀的，凶手走错了地方，他们以为她是毒贩的母亲或祖母，杀她是为了报被毒贩欺骗之仇。一名线人给调查小组提供了一个嫌疑人的名字，恰好这名嫌疑人有前科，于是他们开始调查这名嫌疑人。调查开始之后，他们了解到嫌疑人认识一个叫杰夫·考克斯的人。此前，警方的画像师根据其中一名目击者的描述绘制出了凶手画像，而这个考克斯长得很像那个把库珀太太从家中拖出来的凶手。

考克斯是个空调修理工，没有犯罪记录。调查小组给考克斯拍了照片，拿给两名目击者看。除了目击证人确认了考克斯的身份，警方没有保存指认过程的任何其他程序记录。

就这样，考克斯被捕入狱，被指控犯有一级谋杀罪名。公诉方没有找到作案工具，没有法医证据，也没找到作案动机，上庭的文件夹里几乎是空的。考克斯请了一位律师。但这位律师手上当时还有一个死刑案，他利用两天休息时间来帮助考克斯辩护，没做什么调查。在不到两天的审判中，控方传唤了两名目击证人，考克斯的女友为他提供了不在场证明，但陪审团很快就判定他有罪。考克斯被判处终身监禁。

过了快 10 年之后，我知道了这个案件，因为那个夜不能寐的联邦调查局探员把这个案件带到了位于里士满的联邦检察官办公室，而我当时是那里的联邦助理检察官。他确信这个被判处终身监禁的人是无辜的。他说服我们支持他的调查。于是，我们基于一个勉强说得过去的理由展开了调查——这是一起与毒品有关的案件，而且至少有一名行凶者逍遥法外。

通过与联邦调查局合作，联邦助理检察官鲍勃·特罗诺最后确定考克斯确实是无辜的，并发现了强有力的证据证明真凶是另外两人。特罗诺发现了一开始被卷入这个案子的那名毒贩，凶手正是把库珀太太错认为了他的祖母。毒贩并不认识考克斯，他指认出了那两个之前跟他发生冲突的人。其中一名男子开着一辆与绑匪一样的车，职业是厨师，拥有一些专用刀具，其中一把与刺死库珀太太的刀具相吻合。这名厨师的前妻在凶杀案发生的第二天看见了他。她看到他的肩膀上都是抓痕，而他解释说这不过是某个“泼妇”留下的而已。最后，在律师在场的情况下，这名厨师承认他和一名同伙实施了绑架和谋杀，他的同伙就是毒贩指认的另一个人。

有了新的证据，我们立刻与警方和当地检方讨论案情。警方十分愤怒，因为我们居然动用联邦资源来帮助这个明显谋杀了一名老妇人的罪犯。我问询过的一位目击者也异常愤怒，因为我们暗示他当时可能看错了。而检方的反应则很奇怪。检方表示，在审判过程中他认为考克斯是有罪的，但一直对他被判处终身监禁却没有试图争取宽大处理这一点感到困扰，检方一直想从考克斯嘴里问出点什么来。但是，尽管感到困扰，检方最终还是决定由陪审团来解决这个案子的所有疑问。

被分配处理此案的联邦调查局探员确信，负责处理伊洛易丝·库珀案的警官收受了贿赂，故意陷害考克斯。于是，探员开始跟踪那名警官。我请他不要再继续跟踪，因为我们需要那名警探帮助我们厘清这个案件。探员不同意，说他可以在让考克斯无罪释放的同时，调查这名警官。我去了联邦调查局里士满办公室，会见了里士满的负责人。这是我职业生涯中唯一一次提出要从某个案件中剔除某位探员。我解释说，我们现在的任务是将一个无辜的人从终身监禁中解救出来，我们希望能找到逍遥法外的杀人犯。调查警方腐败很重要（我不确定那名警官是否腐败，尽管我这边并没有证据证明他曾收受贿赂），但我们已经说服这名警官与我们站在统一战线，我不会让一个联邦探员破坏整个调查。这名探员被从参与调查的名单中剔除了，因此对我有所记恨。

弗吉尼亚州方面告诉我们，除非我们能确定杰夫·考克斯无罪而其他人有罪，否则他们绝不会放人。虽然该州官员私下里也觉得考克斯是无辜的，《华盛顿邮报》还发表社论对此案施加压力，但州长不可能释放这么一个吸引了各方目光的被告（这个案子中没有 DNA 证据，因此无法通过 DNA 比对结案），除非他能告知公众，我们抓到了真正的杀手。

为了解决考克斯这个案件，特罗诺被派往弗吉尼亚州法院，临时担任地方检察官一职。他参与了案件全过程，起诉、审判并给那名厨师定罪。定罪证据包括厨师的口供，承认案发当晚是他在开车，并指认了将伊洛易丝·库珀拖出公寓的那名男子。当厨师被起诉时，考克斯被释放，但这时，考克斯已经蒙冤入狱 11 年了。另一名凶手没有被起诉，因为厨师拒绝在法庭上指证他。

抽象概念不会盯着你看，也没有像一潭死水一样的眼睛。而且，也不会有人因为给冤案翻案而升职加薪。我们发布了毛发比对有误的相关媒体声明，告诉民众联邦调查局犯了多大的错误。我与那些被指派审查旧案的联邦调查局员工见面，鼓励、支持他们的工作。我告诉他们，他们审查那上百个案件的时候，我会始终关注他们的工作。我向他们承诺，我会帮助他们。我给几十名州长写信，请求他们帮忙寻找之前的审讯记录，并敦促他们核查那些联邦调查局培训了 40 年的州实验员的工作。“我想确保不会再有无辜民众因为我们的工作失误而入狱，”我写道，“和你一样，我十分关心公正。而公正不仅仅是把有罪的人投进监狱，还要确保犯下的错误被改正。联邦调查局的失误将你置于现在的境地，我很抱歉，也非常感谢你所提供的帮助。”

在承认毛发比对过程中犯下的错误的同时，我们也在尝试纠正其他个别案件中的不公正现象。但通过公开承认自己的错误，我们还希望达成更大的目的。如果想要美国人民信任我们，就需要让他们知道我们会说出真相，就算我们犯错了，也会告诉他们——可能这时更需要告诉他们。当我们说我们看到了什么，或许下承诺，或承认犯错时，他们需要相信我们。民众需要知道，我们不属于任何政治派别；他们需要知道，我们只对寻找真相感兴趣。如果没有民众的信任，我们将无能为力。接下来，在密苏里州弗格森市每家每户的家门前，民众对我们的信任经受了考验。

2014 年 8 月 9 日，星期六，这天中午，迈克尔 · 布朗被发现死在了弗格森市坎菲尔德大街正中央，他是被达伦 · 威尔逊警官射杀的。随后的几分钟里，整条路和周边社区一片寂静，而在那之后，整个街区，乃至整个国家都被撕裂了。这个案子一开始并没有闹这么大，调查人员调查了犯罪现场，把受害者尸体留在现场来寻找证据，并进行测量——这不过是警方查案的正常步骤。但在从案发之后到布朗的尸体被盖上白布那短短的 20 分钟里，当地居民聚集在现场，一些人对警方发出了死亡威胁。愤怒的情绪逐渐累积。该地枪击案见报后，犯罪现场的调查工作曾两次中止。第二天晚上，当地举行了烛光守夜活动，但随后爆发了抢劫和火灾，骚乱持续了整晚。

通常情况下，负责调查迈克尔·布朗被杀一案的应该是当地政府，所以圣路易斯郡的检察官开始了调查。但在8月11日（星期一）这天，联邦调查局决定对布朗的死亡展开调查。局势太紧张了，黑人社区与当地执法部门之间的分歧太大，我们不得不承诺会单独调查这件事。

就在当日，两名声称目睹枪击事件的男子告诉记者，在涉案警员多次鸣枪之后，布朗举起双手投降。弗格森警方与当地黑人之间的关系极差，这是压迫、种族主义执法和城市文化的产物。鉴于此，白人警察射杀一名18岁手无寸铁的黑人男子，一定会引起当地民众的不安。事后证明，两名男子声称布朗举手投降的说法是假的，但当时，这种说法无异于火上浇油。

当天晚上，当地警方穿着防暴装备，试图用催泪瓦斯和橡皮子弹驱散抗议者。抗议活动现场的照片显示，许多警察配备了军用设施，包括装甲车、防弹衣和突击步枪。在网上流传的照片中，许多警察将武器对准抗议者。

三天后，当地政府公布了监控录像，视频显示迈克尔·布朗在被击毙前几分钟推搡了一位弗格森市场店员，还偷了小雪茄。这则录像激怒了抗议者，他们认为视频并不是真相，而是为了诋毁这名死去的年轻人。不得已，密苏里州州长实施了宵禁，部署了国民警卫队。这场骚乱持续了很久。

弗格森的骚乱渐渐平息下去，直到感恩节前三天，当地检方宣布，州大陪审团决定对涉案警员不予起诉。当晚，抗议活动再次演变为暴力事件，至少12幢建筑遭到破坏，多辆警车被烧毁，多名警察被石块和电池击中，枪声在圣路易斯郡周围回荡。

迈克尔·布朗被杀一案带来了持久的痛苦和骚乱，联邦调查局试图弄明白到底发生了什么。我们派了几十名探员深入社区，挨家挨户敲门询问。探员们两人为一组，访问了数百个家庭。敲门时他们身着工作服，还穿着没扣纽扣的蓝色突击服，上面用明晃晃的黄色写着“FBI”三个字母。大家一眼就能看出他们是哪个机构的人。接下来发生的事情十分令人震惊。每一扇门都为我们而开，民众纷纷与探员们谈话。至少300个家庭，数百个人回答了我们的问题。人们告诉我们，他们看到了什么，他们知道什么，我们还应该去问谁。一个鄙视当地警局的社区竟然信任来自联邦调查局的陌生人。

探员们将上门调查的结果与对100多名自称目击者的采访记录结合起来，与司法部民权部门合作，分析了来自弹道、法医、物理环境及犯罪现场的证据，查看了医疗和尸检报告，检查了录音、录像，还查阅了手机和社交媒体上的数据。完成这些工作之后，很显然，证据显示的结论与大多数人根据媒体报道自行想象出来的结果并不相符。

司法部民权部门也针对弗格森警局开启了“模式与实践”平行审查，花的时间比刑事调查的时间还长。他们发现，弗格森这个城市确实常年虐待黑人，形成了可怕的城市文化。白人警方势力庞大，经常给非裔美国人开罚单，久而久之，向非裔美国人收取罚款居然成了市政建设资金的重要来源之一。

平行审查结束后，司法部向美国人民公布了我们的工作成果，在同一天发布了两份报告：一份是刑事调查报告，有 83 页；另一份是关于弗格森当地警局的文化和做法的，有 102 页。我们没有提出指控，但为了回应公众的激烈情绪和合法利益，司法部照惯例告知公众，我们做了什么调查，我们从中了解到了什么，得出了什么结论。仅仅宣布结果并不是真正的公开透明。公众，尤其是那些连续几个月得到非正确信息的公众，应该知道案件细节。如果想让民众相信正义正在得到伸张，就必须要告诉他们案件细节。

现存证据并不足以指控威尔逊警官有罪。证据显示，当时威尔逊开着警局配发的带有警局标志的 SUV 行驶在坎菲尔德大街上，看到迈克尔 · 布朗和他的朋友走在路中间。他们刚从弗格森市场出来，那里的监控录像显示，布朗偷了几包小雪茄。当店员试图阻止他俩时，布朗仗着自己人高马大，强行推开店员。一名目击者听见布朗一边推搡一边对店员说："你能拿我怎么样？"在车里，威尔逊的收音机收到了弗格森警方发出的信息，称附近商店"正在发生偷窃事件"，还描述了布朗和他朋友的样貌。

威尔逊在路上看到了符合描述的两个人，这两个人正站在路中间。他命令两人走到人行道上去，并对着对讲机说："请派两名警员来坎菲尔德大街支援我，再派一辆车来。"布朗的朋友作证称，威尔逊对他们爆粗口。威尔逊的车本来已经开过了两人，于是他把车倒回去一些，挡住道路，阻止他们逃跑。威尔逊警官要开门下车的时候，门被布朗挡住，砰的一声关上了，威尔逊没能下车。警官坚持称，布朗当时对他说了一句脏话，然后一把将车门关上。而布朗的朋友说，他们走近警车的时候，车门很快打开，撞在布朗身上之后弹了回去，砰的一声关上了。

无论如何，我们通过可靠的人证和物证确定了接下来发生的事情：迈克尔·布朗突然探进警车，开始攻击体型明显不占优势的威尔逊，打他的脸和上半身。威尔逊警官的脸上留下了淤青，脖子上也有伤痕。威尔逊试图反击，两人打成一团。威尔逊坐在驾驶座上与布朗打斗，够不到其他警械，只能从右臀方向的枪套里取出枪。布朗伸长了胳膊去抓枪，两人争夺起来。威尔逊开了一枪，近距离击中了布朗的手。车内、威尔逊的衬衫领子上和枪上的 DNA 证据以及对布朗手上伤口的分析证实了威尔逊的说法，即开枪时布朗半个身子已伸入车里，手抓住了枪。

手受伤之后，布朗开始沿着坎菲尔德大街逃跑。威尔逊下了车，手里拿着枪开始追他。所有可信的证词、弹道分析和尸检报告都证实，威尔逊一直没有开枪，直到布朗停下来、转身、突然加快了步伐，然后开始攻击威尔逊。证据显示，威尔逊在布朗步步紧逼时开了枪，三枪连发一共射出 10 颗子弹。布朗在走向威尔逊的过程中多次被击中，直到最后一枪击中脑袋，当场死亡。被打中最后一枪时，他离威尔逊已经很近了。布朗向前扑倒，一只手在腰带旁握拳，受伤的手放在一边。

尽管有几个人声称看到了布朗举手投降，但调查人员无法将这些说法与物证、自称是目击者的人的先前证词和可信目击者的证词匹配起来。有些人告诉媒体，他们看到布朗举起了双手，但最终又承认，自己压根没亲眼看到枪击现场。尽管可信目击者对布朗手部的动作给出了不同的描述——握拳、击出、提着裤子，也对他的行动给出了不同的描述——猛冲、慢动作、跑，但他们无一不证实了，中枪时布朗正向警官方向移动。就连那些回忆起布朗的手掌曾短暂地举过双肩的目击者也告诉调查人员，布朗在被击中前放下了双手，全力冲向威尔逊。

这件事无论如何都是个悲剧。一个年轻人失去了生命，一个饱受压迫的社区爆发了，一个警员永远会被指指点点。但通过发布对迈克尔·布朗死亡事件与弗格森种族主义的全面调查，司法部产生了非常重要的影响。这些调查报告对真相，对在那可怕的一天坎菲尔德大道上发生的情况以及弗格森在这之前的数年里究竟发生了什么，进行了详细阐述。弗格森的人民相信我们，我们以真相回报他们。信任池让一切截然不同。信任池没有修复我们的国家，在种族问题和警民关系问题上，美国还有很长的路要走，但在密苏里州的弗格森市，信任池推动了警方、政治领导者和社区之间关系的改变。

第四部分

耗竭信任池

在一个党派斗争激烈的选举年，我认识到，当各方的攻击袭来时，真相和透明并不总是足以保护司法部的信誉。然后，我看着特朗普政府对信任池造成了严重损害。对执法机构不参与党派斗争的传统的背离，总统对执法机构的持续攻击，再加上一个滥用权力的司法部部长，都会削弱民众对司法部的信任。自“水门事件”以来，司法部的信誉从未遭遇此等危机。每一个谎言，每一个偏袒朋友和报复敌人的行为，每一次向总统个人表忠心，都会消耗信任池。这样的破坏很严重，但历史可以给我们指出一条重返公正的明路。

第十四章
“狗咬狗”

“每个人都有权拥有自己的观点，但无权拥有属于自己的事实。”

——丹尼尔·帕特里克·莫伊尼汉

联邦调查局并不想被卷入2016年的总统选举，这是现代民意调查史上最不受信任的两名候选人之间的斗争。然而，因为希拉里·克林顿通过私人邮箱处理机密信息的不当行为，情报部门的监察长要求对其展开调查，于是联邦调查局不得不介入。当然，党派人士在我们开展调查之前就知道答案了。希拉里阵营表示，这甚至算不上一场调查，只不过是“一次审查”，不会证实任何不当行为。而特朗普阵营则主张把希拉里抓起来，认为她的行为破坏了国家安全，性质极其恶劣。我妻子在教会主日学校[①]担任

① 教会主日学校，教区内由教堂举办的周日学校，旨在宣扬《圣经》要义，进行宗教教化。——译者注。

老师，她把这称为“狗咬狗”。尽管我从未在工作场合这样说过，但我非常同意她的说法。我们试图在一个政治人物并不关心真相的环境中寻找真相；他们不想知道真相是什么，只想赢。联邦调查局不可能全身而退。

我的工作压力极大，但两年之后，帕特里斯和我在华盛顿团聚，还有我们正在上高中的小女儿。每天都能看见家人让我轻松了不少。他们也已习惯了我的工作，尤其是我身边由联邦探员组成的安保团队。不过，也有一些稍显怪异的事情，比如我得在联邦调查局的匡提科训练场上教女儿开车。除此之外，我们出门游玩、参加婚礼、出去度假都有武装安保人员随行，这已经成了常态。每年，帕特里斯都会为安保团队安排一顿感恩节大餐，而他们会回敬一张全副武装、戴着墨镜围坐在桌边的照片，照片里甚至能看到令人生畏的武器。这些照片被我们装在了相框里，至今还放在架子上。

尽管我的家人与安保团队相处得很融洽，但当坐在外面包着装甲、前面坐着冷面特工的车里时，如果我用 iPhone 播放泰勒·斯威夫特或是单向乐队的歌曲，几个年纪比较小的孩子依然会觉得不好意思。安保团队是专业的，他们从来没有表现出听我们讲话的样子，不过他们确确实实听见了，不然安保队长就不会知道我的小女儿是作家约翰·格林的超级粉丝。约翰·格林在我儿子的大学毕业典礼上受邀发言，发言结束后，他走向停车场，坐进等在那里的汽车。这时，坐在副驾驶座上的安保队长突然举起左手示意车队停下。车队踩下刹车停住，挡住了格林先生的车。安保队长从车上跳下来。“先生，先生，”他用他最职业的声调喊道，“您能等一下吗？”然后，他把黑色雪佛兰的后门打开，看向我的小女儿说道：“我们把他拦下了，现在该你出场了。”小姑娘羞得满脸通红，雀跃着从车里跳下去，见到了这位才华横溢的、被拦在路中间且还穿着学术袍的格林先生。我也下了车，给他们拍了张照片。然后，联邦调查局给格林先生放了行，格林先生十分和蔼，他觉得这件事非常有趣。在奔向 2016 年的关口，我们都得找点能让我们笑出来的理由。

截至 2016 年年初，我们仍没有对希拉里 · 克林顿提起诉讼。如果调查按部就班地进行下去，我们面临的主要挑战是，如何在结案的时候保持美国人民对司法部的信心，使人们相信司法部依然诚实、称职、没有政治立场。对叱咤风云的政治人物来说，追求真相并不是他们的核心利益，而一旦他们插手司法部的工作，司法部的信任池就岌岌可危。

毫无疑问，身为国务卿，希拉里所谈论的机密信息不应该在她的私人邮件系统里出现，因此调查的核心在于国务卿希拉里是否有意为之：她是否知道此举不被允许，或者说是否仅仅因为粗心大意？如果我们不能证明她是有意为之，那就无须起诉。她确实不是有意为之，这毋庸置疑，于是问题就变成了：如何让已经两极分化的美国民众相信我们的调查结论是可信的，是完全基于事实的。

随后，奥巴马总统给我们的信誉增添了新的风险。他单独谈论了这个案件，而不是按照惯例谈论某一类案件，这违背了长期以来执法不受政治因素影响的原则。2015 年 10 月 11 日，奥巴马在接受《60 分钟时事杂志》采访时表示，希拉里使用私人电子邮件系统是个“错误”，但并没有危及国家安全。2016 年 4 月 10 日，奥巴马在福克斯新闻上表示，希拉里可能有点粗心，但并没有做任何故意危害国家安全的事情。我们正在调查这位总统候选人，国务卿希拉里是民主党人，时任总统和司法部部长都是民主党人。想要说服美国人民我们的调查完全没有受到政治因素的影响十分困难，而奥巴马总统的这些言论无疑是雪上加霜。

如果总统已经决定了这件事并不足以提起诉讼，那他的司法部如何能够做出令美国人民信服的判断呢？事实上，总统对调查情况一无所知，但如果最后我们真的没有提起诉讼，他这句话就会将我们所有人置于极端被动的境地。

奥巴马似乎意识到自己的行为有失妥当。2016 年春季过后，只要涉及联邦调查局或司法部领导者的会议或谈话接近某个特定案件，他就会长篇大论地表达他对个体案件不感兴趣，他不会就某个案件或任何细节做出评价。但为时已晚。他对希拉里案的公开预判已经被政治对手拿来指责我们了，对方甚至在还未得出调查结论的时候就指责我们屈从政治压力，有违执法公正。

2016 年 6 月 27 日，就在我们调查完成的前几天，司法部部长洛蕾塔·林奇与希拉里·克林顿的丈夫——前总统比尔·克林顿在一家政府包机上进行私人会面，随后不顾公众怒气不肯退出案件调查，让本就艰难的局势变得更加艰难。她宣布，她会接受我和其他职业检察官的建议。想到我们的信任池，想到在弗格森枪击案、帕迪利亚案、查尔斯顿教堂屠杀案中公开透明如何有助于保护我们的信任池，我绕过了司法部部长，做了一些我在2016年之前从不敢想的事情：我通过公开我的建议和背后的考量，让联邦调查局直接向美国人民公布调查结论。事后看来，我依然认为对联邦调查局和司法部来说，这是最好的选择。如果美国政府想取得人民的信任，就需要对人民做到公开透明，他们值得政府这样做。

宣布我们不建议起诉国务卿希拉里之后，我们以为2016年大选的闹剧就结束了，我可以回到我的本职工作中去，招募各式各样的人才，挑选称职的领导者，帮助美国改善治安，处理网络威胁、恐怖主义、针对儿童的暴力犯罪以及其他联邦调查局的日常事务。但事实并非我想象的那样。这场“狗咬狗”大戏才刚刚拉开序幕。3个星期后，我们被迫开始调查特朗普竞选团队中是否有美国人与俄罗斯干预大选一案扯上干系。尽管时任司法部部长威廉·巴尔后来多次抹黑联邦调查局，但这是一项必须启动的调查。特别检察官罗伯特·穆勒曾写道：“有证据表明，俄罗斯人已经向特朗普团队的一名竞选顾问表示，他们可以通过匿名发布对民主党候选人有害的信息来对竞选活动提供帮助。”

希拉里案从调查伊始便全面公开，在结案之后才讨论——至少我们认为是如此。而与希拉里案不同的是，对“通俄案”的调查是保密的，在2016年夏天才刚刚开始。我们查到了特朗普团队与俄罗斯人之间往来的一点迹象，但并不确定有没有实质性交涉。所以我们开始着手小心翼翼地调查，以免泄露调查信息或抹黑无辜的人。整个调查过程没有任何信息被泄露，所有的工作完成得公平公正，不带政治偏见——后来，独立调查员也肯定了这一点。但当时依旧有一些特朗普团队的人说我们有“幕后政府”，严重阻碍了他的选举进程，这种说辞实在莫名其妙。这次调查直到他上任很久之后，都是完全保密的。

2016 年 10 月底，联邦调查局负责“通俄门”一案的调查小组决定申请法院指令，对特朗普竞选团队前顾问卡特·佩奇实施监控。有证据表明，俄罗斯人当时正在寻求向特朗普团队透露信息的渠道。佩奇是被调查的 4 名美国人之一，他与俄罗斯人素有渊源，我们需要调查一下他是否充当了这种渠道。根据调查人员搜集到的信息，在这 4 名美国人中，他们只想监听佩奇一人。

根据《外国情报监视法案》，关涉国家安全案件的监视行为与刑事案件的监视行为不同，前者需要更强的监督，因为整个监视行为是机密行动，几乎永远不可能被监视目标和公众知晓。在上一次令司法部深陷困境的“水门事件”之后，国会通过了《外国情报监视法案》，并成立了一个外国情报监视法庭，来监督电子监控设施在国家安全案件调查中的使用情况。在此之前，行政部门均可自行决定如何在间谍案或恐怖主义案件中监视美国公民，这很容易导致监视权被滥用。在我做联邦调查局局长之前，在时常发现错误的刺激下，司法部和联邦调查局已经针对基于《外国情报监视法案》展开的监视行动建成了强大的监督机制，用来监察对外国情报人员、间谍和恐怖分子的监视行为。至少我自己是这样认为的。

担任联邦调查局局长时，我那铺着玻璃的办公桌的角落里每天早上都堆放着基于《外国情报监视法案》的监视申请。与刑事监视申请的程序不同，这些监视申请必须由我亲自签署。在这些申请文件的下方，放着 1963 年胡佛写给时任司法部部长罗伯特·肯尼迪的申请批准对马丁·路德·金实施监视的备忘录副本。现代政府向联邦法官提出的大量申请与胡佛的备忘录形成了鲜明的对比，我们在限制自己的权力方面已经走了很远。

每份申请都附有一个备忘录，上面写着这份申请在递到我手里之前都经过了哪些人的手，所有审核人都已经签字确认过了。依照法律要求，我要确认递交该申请的一个重要目的是搜集外国情报，并且我们在此之前已经尝试了侵入性较小的调查技术。我签字确认后，申请表会被送到司法部领导的办公室签字，然后再送到外国情报监视法庭给联邦法官签字。一份申请表上大概会有 10~20 人的签字。

从下属的抱怨中，我总能得到额外的安慰。在我访问全国各地的办公室时，听到探员们经常抱怨说，现在想得到法庭批准查看俄罗斯间谍的电子邮件的指令，比当年窃听甘比诺家族在菲尔·柯林斯的音乐中谈论事情要困难得多。而我对此感到很欣慰，因为他们的抱怨意味着此类案件的监听、监视的申请流程要比刑事案件历经更多的监管和审查，毕竟这类案件也许永远都见不得光，永远不会受到辩护律师的质疑，也永远不会在公诉中接受法官的审查。

联邦调查局有重要证据表明，卡特·佩奇与俄罗斯有联系，且与俄罗斯的情报部门早有联系。同时，联邦调查局当时又得到了一条消息，消息来源是个很可靠的前联邦调查局线人，他从自己的消息来源网中汇编出了一份报告，这就是“斯蒂尔档案”。联邦调查局对斯蒂尔档案中的信息是否能满足法律要求持不同意见。我的总顾问认为，即便没有这份档案的信息，目前手头的信息也足够申请调查。但所有人都同意，结合目前的调查信息和斯蒂尔档案，提起监视申请会比较稳妥。在历经多层审查之后，我审核并签署了这份申请，然后递交给联邦法官，联邦法官批准对佩奇开展为期 90 天的监视。除了司法部内部人士，没有人知道这场监视行动。这场监视行动后来又被批准延长了三次，一直持续到我被解雇之后。

对佩奇的秘密监视后来被泄露了，这次泄密事件伤害了一名美国公民，实在不可原谅。与此同时，它也成了特朗普总统及其支持者攻击联邦调查局的核心理由，他们声称联邦调查局曾发动一场政治阴谋，阻挠特朗普当选。就连特朗普任内的第二任司法部部长威廉·巴尔也公开指责联邦调查局，称联邦调查局“监视”特朗普的竞选团队，还暗示联邦调查局的行为令人不安。联邦调查局对特朗普竞选团队人员开展调查这件事是保密的，而且我们在大选前夕披露的一些信息被很多民主党人认为导致了希拉里·克林顿的败北，联邦调查局怎么可能以此来策划阻挠特朗普的竞选呢？这个逻辑根本站不住脚，他的指责荒谬至极。虽说联邦调查局的人也是人，也有可能犯错，但我们进行的调查证据确凿，没受政治因素影响。司法部监察长宣布他将针对联邦调查局是否有政治偏见展开调查时，其实我很高兴。我知道他将会得到什么样的调查结果。

我是对的。在我被解雇很久之后，监察长终于完成了这项调查工作，得出的结论是：联邦调查局对特朗普团队是否通俄的整体调查是正确的，不带有任何政治偏见。年复一年，总统及其团队成员对联邦调查局妄加指责，而现在，这个结论证明了联邦调查局的清白。尽管特朗普和福克斯新闻的人花了两年时间煽风点火，但无罪就是无罪。监察长发现，我们不过是做了国家让我们做的事情而已。

但我也错了。尽管监察长没有发现任何证据证明联邦调查局的调查带有政治偏见，但他在针对卡特·佩奇的监视申请中发现了很多低级错误。鉴于该申请已经过层层审查与监管，这样的错误实在令人震惊。这些都是应该被发现的错误，比如对联邦调查局与线人之间关系的错误描述，线人供述中的几次改口，还有与我们在法庭上的陈述完全相反的证据。审查一共发现了 17 项重大错误。监察长并没有发现任何证据能表明我们是故意犯错或因政治偏见犯错，但很多错误本身是无法解释的。

然后，他开始调查是只有佩奇案中出现了这样的问题，还是其他案件中也出现了类似的问题。答案可想而知。在近 30 个互不关联的案件中，监察长都发现了监视申请流程上的错误。这些错误大多并不会改变法庭同意监视的决定，但这并非不重要。错误无处不在，怎么会这样呢？

我不知道监察长本人如何看待这个问题，但经过深思熟虑之后，我对此提出了自己的猜测，或许有一些道理。我认为，流程本身扼杀了责任感，减少了犯错带来的恐惧。在流程中，从案件探员到局长，从初级律师到司法部部长，大家都要对此负责，大家也都无须对此负责。当这部分工作永远见不得光时，对犯错的恐惧便会完全消失。与刑事调查中的监视申请不同的是，在刑事案件中，负责的检察官和探员会共同提交申请，共同担责，站在法官办公室里等着审批手续走完，但在此类案件的监视申请流程中，没有人会特别害怕犯错。如果监视活动永远不会在公开法庭上受到质疑，不需要探员站在证人席上为自己的工作辩护，也不需要检察官在自己的立场上进行辩护，那么大家都不会足够紧张。我想我今后不会再在司法部或联邦调查局工作了，但假如我还在，我会推动一项改革，要求司法部的一名检察官与联邦调查局的一名探员共同出现在外国情报监视法庭的法官面前，分摊责任。官僚程序通过分配责任来制造虚假安慰，但其实，这类申请流程应该像刑事案件的监视申请一样。困境惹人深思。

外国情报监视法庭对卡特·佩奇的第一封监视令是在 10 月 21 日签发的，几天之后，对希拉里的调查像噩梦一般回到了我的生活之中。在对美国民众保证调查已结束，且在国会多次宣誓表示调查结束之后，安东尼·韦纳的笔记本电脑在 10 月的最后一个星期出现在了我面前。该电脑在纽约的一次刑事案件调查中被联邦调查局查获，该案件与希拉里案毫无关联。韦纳是前国会议员，声誉不怎么样，他是希拉里·克林顿的长期助手胡玛·阿贝丁的丈夫。纽约办公室发出消息称，电脑里保存了上万封希拉里的电子邮件，可能还有她担任国务卿头几个月的电子邮件，这些邮件是我们从未发现过的。调查人员告诉我，这一发现意义重大，可能会改变案件的结果，且很有可能不会在选举前结案。

彼时，我面临着两个十分糟糕的选择，但其中一个比另一个要更糟糕：我可以告诉国会，夏天那场调查都错了；或者我可以隐瞒这次的发现以及我们已经重新开始调查的事实，但消息很可能会从纽约办公室走漏出去。联邦调查局的任何行动都是为了避免影响大选，但这次，无论选什么都不可能对大选完全没有影响。在选举前这么短的时间里，将事实真相对国会和盘托出是场灾难，但在我看来——我现在依然这样认为——即便是灾难，也比对美国人民及其代表说谎要来得好。联邦调查局的立身之本就是说真话，我们一旦撒谎，人民就会再也不信任我们，永远认为我们在隐藏一些东西。我精心措辞给国会写了一封言简意赅的信，告知国会，我们已经出于特定目的重新展开调查。从此，我们便如同被架在了火上炙烤。选举前三天，调查结束了，我们才稍微好受一点。于是我又一次告知国会，调查结束了。

帕特里斯十分关注这一年的大选，原因在于，她希望迎来一位女性总统。我在 7 月单独宣布结案时，她很担心我会招致批评。当时，她跟我一样，认为这是一个千钧一发的时刻，但她也同意离司法部部长远一点是个相对更好的选择。10 月底，帕特里斯看到了我面对选择时的痛苦。她眼中含泪，对我说现在距离选举太近了，我什么也不能做。我告诉她，我同意她的意见，但无论我做什么都会被解读出某种信息。她很痛苦，她知道我也很痛苦，所以我们几乎不在家里聊起这件事。我们会聊孩子们，聊我们年迈的父母，聊我们的狗，聊除了政治之外的一切。成年后，这是我第一次没有在总统选举中投票。大选那天晚上，我十分疲倦，想把这一切都屏蔽掉，所以我早早就上床睡觉了。凌晨两点过后，帕特里斯爬上床，轻轻推了推我。"特朗普赢了。"她平静地说，说完吻了吻我，道了一声晚安。我又睡着了，我需要休息。

第十五章
入伙吧，像弗林一样

> “20 世纪某些司法部部长的党派活动，再加上‘水门事件’的遗留影响，已经引发了民众的担忧。民众担心司法部的某些决定可能是出于主观倾向、压力或政治因素，而这种担忧是可以理解的。”
>
> ——司法部部长格里芬·贝尔于 1978 年面向司法部全体检察官发表讲话时说

白宫的绿厅里摆了一张两人桌，我一进屋吓了一跳。从来没有总统与联邦调查局局长单独共进晚餐的先例，至少自胡佛和尼克松一起出行以来，从未有过。特朗普总统上任后第一个星期即将结束之时，打电话邀我共进晚餐。我以为会有很多人，但我错了，这顿饭不是为了团队建设，至少不是通常意义上的团队建设。

我们刚开始吃的时候，他就提出了对联邦调查局“做出一些改变”的期望。我回应说，我知道他可以随时解雇联邦调查局局长，但我还是想留下来做这份我喜爱的工作，而且觉得我在 10

年任期的头 4 年做得还不错。随后我意识到了谈话的走向，于是补充道，在有一点上他可以相信我是“可靠的”——我永远会对他说真话。但这不是他想要的。过了一小会儿，他挑明了他的想法，如果我想继续出任联邦调查局局长，他说：“我需要忠诚。我期望你对我忠诚。”

我没说话，定定地看了他两三秒钟，对绿厅中间这张桌子两头的人来说，这是漫长的两三秒钟。“水门事件”已经清楚地向美国人民表明了，一旦司法部和联邦调查局变成总统家的后花园会有多么可怕。因而自“水门事件”以来，没有任何一个总统提出过这样的要求。司法部和联邦调查局的领导因“水门事件”而蒙羞，总统因试图妨碍执法而被迫辞职。整个美国及美国的领导人都已经从这场噩梦中吸取了足够的教训。

美国人民希望国家行政首脑和执法机构领导保持距离，这就是为什么在埃德加 · 胡佛死后，国会代表为联邦调查局局长设立了 10 年任期。这样的任期设置就是为了保证没有人会再像胡佛那样在这个岗位上一待就是 50 年，同时联邦调查局局长的任期比总统的任期长，是为了确保总统与执法机构的分离。如果执法机构的领导为总统办事，那么执法机构将不再可信，公平正义也无从谈起。

因此，自尼克松以来，没有任何一个总统会与联邦调查局局长单独吃饭，以免有人误以为这是争取个人忠诚的表现，是试图拉近执法机构与总统关系的行为。但现在，我们俩坐在这里，就好像甘比诺家族聚集在拉文奈特俱乐部楼上的那个寡妇的小客厅里一样。在这里，老大会稍微放松戒备，谈论一些对他真正重要的事情。让距离见鬼去吧。他想要忠诚。

现在回头看，我那两三秒钟的沉默已经注定了我如今的结局。接下来，他一个人唱起独角戏，长篇大论，我好几次想要插进去解释一下执法机构与行政部门保持一定距离的重要性，讲讲奥巴马总统面试我的时候是如何强调这一点的。我试图让他实际一点，想要提醒他靠笼络司法部来避免问题是非常荒谬的，这不仅会削弱司法部的威信，还会给总统本人带来麻烦。但这些话没有起到任何作用，他根本不关心这些。他对维护信誉不感兴趣，对公平正义也不感兴趣。他只关心一件事。在晚餐快结束的时候，他再次提出："我需要忠诚。"

我又一次顿住，然后说："我永远会对你诚实。"

他停了一下，然后接着说："我想要的正是诚实的忠诚。"

我顿了一顿，说："我会的。"我非常想结束我们之间的这场僵持，我觉得这个似是而非的"诚实的忠诚"听起来就像是他想要的东西，但他永远不可能从我这里得到。

我是在自欺欺人。这种事不可能妥协，也不可能蒙混过去。从那一天开始，我就被判了"死刑"，只看他什么时候会因我对他个人缺乏忠诚而把我赶下台。这一天不远了。

我没想到，很快我又跟他单独谈话了。那是 2017 年 2 月 14 日，情人节。那天本来是举行小组会议，我们在椭圆形办公室里做反恐汇报。与往常一样，他坐在桌子后面滔滔不绝，我们坐在他对面，差不多6个人围成一个半圆。会议结束时，他对大家说他想跟我单独谈谈。其他与会人员，包括我当时的上司——司法部部长杰夫·塞申斯离开之后，特朗普明确说明了他为什么在我的恐怖主义简报会上没能集中注意力。

“我想谈谈迈克尔·弗林的事情。”他说。弗林本来是他的国家安全顾问，前一天被迫辞职了。我不怎么认识弗林，只是在2014年他出任国防情报局局长的时候，跟他一起出庭作证过。弗林是个退役的陆军将领。2016年年底，他多次与俄罗斯驻美大使交涉，就阻碍联合国决议一事寻求俄罗斯的帮助。这项决议谴责以色列扩张定居点，而奥巴马政府并不打算否决这项决议。此外，当时奥巴马政府因俄罗斯干预2016年美国大选对俄实施制裁，弗林通过俄罗斯大使敦促俄罗斯政府不要升级回应措施。2017年1月初，媒体曝出了这段有关制裁的对话，引起了公众的强烈反响，当时尚未上任的副总统彭斯在镜头前否认了弗林曾与俄罗斯政府讨论过制裁问题。彭斯说自己知道这件事是因为他曾经和弗林谈过话。

2016年12月，联邦调查局计划结束对弗林的调查。2016年是大选年，针对弗林的调查从7月底开始，我们想弄明白特朗普团队里到底有没有人与俄罗斯方面联合，向希拉里泼污水。我们将弗林视为嫌疑人，因为2015年他被从国防情报局局长任上赶下台以后，曾前往俄罗斯，在俄罗斯的主要国际宣传平台上做付费演讲。他与弗拉基米尔·普京共进晚餐，作为一名退休的高级军事情报官员，这种行为十分奇怪。然而，在为期5个月的调查中，我们并没有发现任何实质性的证据或真正涉及弗林的线索。我很不希望对新总统的国家安全顾问公开进行反情报调查，因为我们还没有掌握足够的证据。我告诉我的下属，如果有足够的证据，那么可以继续调查弗林；如果没有，就要在他上任之前结束调查。

随后，在结束调查之前，我们发现弗林曾与俄罗斯大使进行了大量不同寻常的谈话。俄罗斯方面的反应非常奇怪，面对奥巴马总统在2016年大选之后对其发起的制裁，俄罗斯并没有进行反击。包括联邦调查局在内的所有情报部门都接到命令，要我们寻找可能解释俄罗斯方面的奇怪行为的相关信息。在我们对俄罗斯驻美国外交官例行监控的录像带中，我们发现了弗林与俄罗斯大使之间的几通电话。很显然，弗林就这些谈话的内容对副总统彭斯和其他国家高级领导人说了谎，而彭斯公开重复了这些谎言。好像有哪里不对。为什么在希拉里落败，唐纳德·特朗普当选之后，这个与俄罗斯人有联系的退役将军要在是否与俄罗斯人有联系这件事情上撒谎呢？要想搞清楚真相，最好的办法是与弗林谈谈，问问他发生了什么事。于是，我让副局长去看看弗林是否愿意接受联邦调查局的询问，坐下来与联邦探员们谈谈。

我决定不提前告诉代理司法部部长萨利·耶茨，我知道这件事可能会激怒她。我不需要任何许可，就像我后来对她解释的那样，如果询问中出现了重要信息，我来担责会让特朗普更难宣称，这是耶茨这样的即将离任的奥巴马政府提名的人卸任前采取的最后的政治手段。他们只能来指责我，而我还在任上。如果让司法部的律师参与进来，会有让这件事陷入官僚主义流程的风险。如果弗林愿意，我想力排众议找到真相。弗林同意了，他在白宫与探员们见了面，说的还是他对副总统说过的那些话：他从未与俄罗斯大使谈过对俄制裁的问题，也没谈过联合国投票这件事。探员们努力让他说真话，对他施压，用录音带录到的对话作为证据，但他坚持否认。

我有些困惑。弗林对这件事的否认十分奇怪，他明知这些东西都被录下来了却还一直说谎。我不确定他是否在故意说谎。也许他患有什么脑部疾病？又或许他是在多米尼加共和国海滩上度假时，在喝醉的状态下与俄罗斯大使通的电话？指控某人说谎，需要有证据证明他说的不是真话，且有意为之。毫无疑问，弗林确实在说假话，但他说假话的动机我目前还不知道。后来，我从特别检察官罗伯特·穆勒 2019 年的调查报告中得知，弗林说谎是因为他认为总统想让他说谎，但在与特朗普总统独处一室的那个情人节，我对此一无所知。我得继续调查，特朗普让大家都出去，单独把我留下的时候，调查依然在继续。

就在前一天，2 月 13 日，特朗普迫使弗林辞职，理由是弗林对副总统彭斯说了谎。特朗普也知道弗林在联邦调查局的调查中说了谎。总统一开始就说，弗林将军在与俄罗斯人谈话的时候没做错什么，但他也没办法，只能让弗林辞职，因为弗林误导了副总统。他又补充说，他对弗林还有其他方面的担忧。我什么也没说。

接着，我们又谈了很久的机密信息泄露问题，之后总统又回到了迈克尔·弗林的话题上，说道："他是个好人，经历了很多事情。"他重申，弗林将军在与俄罗斯人的通话中没有做错什么，只是误导了副总统而已。

然后他说："我希望你能同意放下这件事，放过弗林。他是个好人。我希望你能放下这件事。"

特朗普知道，弗林在前一年12月与俄罗斯大使的通话内容这件事上说了谎，因为司法部已经将此事告知了白宫法律顾问。总统的作所作为，不过是想让我放弃对弗林的指控，不要对弗林展开调查。这不可能，尤其是这个案子还涉及俄罗斯。任何一个关心执法公信力的总统都不会提出这种要求。

我只能表示，我同意"他是个好人"，或就我对他的认知来讲，他看起来像是个好人。但我并没有表示我会"放下这件事"。

特朗普对我的回答没有任何反应，只是又开始谈起信息泄露的问题。谈话结束后，我起身离开了椭圆形办公室。

即便总统对我提出了要求，我也不会随便放弃对政府高官的刑事调查，因为这样会损害司法部所代表的一切。司法部的核心价值在于：它只关心真相，不关心友情、党派或总统的喜好。司法部赖以生存的信任池是在尊重事实的基础上积累起来的，而不是靠为特权阶层开道。我绝不会这样做。看样子，他得先解雇我了。

在那之后的三个月，我一直努力不让自己被解雇。我尝试减少与总统之间的联系，避免“索伦之眼”[①]的凝视。我对下属说起的时候，他们很快领会到了这个来自《指环王》的比喻。我力劝司法部部长塞申斯和新任副部长罗德·罗森斯坦在我与特朗普之间发挥缓冲作用。我决意低调行事，只关注我10年任期里最重要的事情：努力改变联邦调查局的领导文化，吸引更多女性和非白人加入联邦调查局，并进入领导层。我希望这些举动能为联邦调查局带来长久的改变。这就是我在2017年5月9日飞往洛杉矶，主持开展多元化招聘活动的原因。当天，有几百名专业人才来参加招聘活动，我希望他们将来能加入联邦调查局。

在我到达活动现场之前，特朗普解雇了我。我是从电视上知道这个消息的。特朗普称，他做出这个决定的依据是司法部副部长罗森斯坦的一份备忘录，上面总结了我在希拉里·克林顿“邮件门”一案调查中所犯下的错误。第二天，特朗普在椭圆形办公室的一次私人会议上与俄罗斯领导人闲聊，这证实了我的猜想——有关希拉里一案的备忘录不过是个借口，他解雇我的真正原因是，我对俄罗斯干预2016年大选以及他团队中可能有美国人在大选时与俄罗斯人合作一案的调查。

在我被解雇8天后，罗森斯坦任命罗伯特·穆勒为特别检察官，调查“俄罗斯政府与唐纳德·特朗普总统的竞选团队人员之

① 索伦，长篇史诗巨著《指环王》里的人物，他在末日山里秘密地铸造了至尊戒，从此成了“魔戒之主”。索伦之眼在索伦根据地的高塔之上，是索伦力量的化身。索伦之眼注视着中土大陆，是力量和恐惧的象征。——译者注

间是否有联系和 / 或合作”，调查是否存在妨碍执法公正的行为。

穆勒默默工作了差不多两年。2019 年 3 月 22 日，星期五，他向司法部部长威廉 · 巴尔递交了一份 448 页的报告。3 月 24 日，星期日，巴尔给参议院和众议院一众关键成员写了一封信，告知调查“并未在 2016 年总统大选中发现特朗普竞选团队或相关个人有与俄罗斯共谋或合作的迹象”。这封信立刻被国会公之于众。巴尔又补充道，至于特朗普总统是否有妨碍执法公正的行为，穆勒表示“决定不做出任何传统意义上的公诉决定”，“针对所审查的行为是否妨碍执法公正未能给出结论”，因此需要巴尔“确定报告中描述的行为是否构成犯罪”。巴尔给出了结论。他写道，现有证据“不足以证明总统犯下了妨碍执法公正的罪行”。

巴尔承诺将迅速决定穆勒报告中的哪些部分可以公开。但对我这个沉默不语的联邦调查局前局长来说，穆勒做出了一个不同寻常的举动，他进行了反驳。三天后，穆勒给巴尔写信说，2019 年 3 月 24 日的那封信“未能充分体现特别检察官办公室的工作及所得出结论的背景、性质和实质内容”。因此，穆勒写道，“现在，公众对调查结果的重要方面还心存疑虑”。穆勒强调，“这样会损害司法部任命特别检察官的核心目的，民众不会完全相信调查结果”。

即便如此，巴尔并未收手。他说他的行为被误解了。在另一封写给国会的信中，他将此归咎于媒体，说媒体将他的信“误解成对穆勒工作的总结”。他的信并不是对穆勒工作的总结，而是试图将穆勒的报告公之于众。

3个星期之后，在公众有机会读到穆勒这份448页的报告之前，巴尔觉得美国人民需要知道他的看法，所以举行了新闻发布会，表达了他的观点，还在另一封写给国会的信中表达了同样的观点。

他说，多亏了穆勒的出色工作，我们现在知道在美国大选中俄罗斯人“并没有与特朗普总统的竞选团队勾结，截至目前也没有任何其他美国人参与其中”。根据巴尔所言，我们至少可以相信，美国人没有与俄罗斯人串通一气。“经过将近两年的调查，历经数千次开庭，基于数百份逮捕证明和证人问询，特别检察官已经证实，俄罗斯政府确实对非法干预2016年美国总统选举的行动提供了赞助，但并没有发现特朗普竞选团队或其他美国人参与这项阴谋。”

据巴尔说，针对特朗普总统是否妨碍执法公正的结论很明确。巴尔和司法部副部长罗森斯坦“得出结论，认为特别检察官提供的证据并不足以证明总统犯下了妨碍执法公正的罪行”。他提醒美国人民注意，特朗普在“没有与俄罗斯勾结”这点上没有说假话。他解释称，特朗普对这些调查和媒体根据非法泄露的信息做出的猜测感到愤怒，是可以理解的。尽管总统很愤怒，但他对穆勒的调查还是给予了全面配合（巴尔并未提及总统不接受调查人员询问的事情），使调查人员“不受限制地获取”证据，并“没有采取实质性行动阻碍特别检察官获取调查所需文件或询问调查所需证人”。

但实际上，任何读过穆勒调查报告的人听到司法部部长的这些结论之后都会大吃一惊。在穆勒的报告里，根本没有说过他并未找到任何俄罗斯人与特朗普竞选团队合作的证据。实际上，他发现了很多“联系”，但这些“联系”没有任何一个被报告给联邦调查局，以阻止俄罗斯对大选的干预。2016 年 6 月，特朗普竞选团队的领导层曾与俄罗斯人在特朗普大厦会面，此次会面意在为特朗普提供“可以指控希拉里及证明她与俄罗斯之间交易的文件和信息”，这是“俄罗斯及俄罗斯政府为特朗普提供的部分支持”。他还发现，特朗普的前竞选经理保罗·马纳福特与一名俄罗斯情报官员来往甚密，马纳福特向该官员提供了有关竞选活动的内部信息。

不过，穆勒说他所找到的证据并不足以证明存在犯罪行为。

> 总而言之，调查确认特朗普竞选团队成员与俄罗斯政府相关个人之间存在多种联系。这些联系包括俄罗斯为特朗普竞选团队提供帮助。在某些情况下，竞选团队接受了该提议；而在另一些情况下，竞选团队选择了回避。总之，调查并未确认竞选团队与俄罗斯政府就干预大选有所联系或存在共谋。

简而言之，穆勒发现了很多关键的不利证据，但并没有选择提起法律诉讼。

在关于特朗普是否妨碍执法公正的问题上，穆勒接受了司法部几十年来的法律结论，认为不能起诉现任总统。因此，他“决定不做出任何传统意义上的公诉决定……，认识到对现任总统提出联邦刑事指控会对总统执政造成负担，并可能会取代处理总统不当行为的宪法程序”。

因此，穆勒“决定不采取任何可能会判定总统有罪的方法”，因为“在不能提出指控的情况下，出于对公平性的考虑，不能认定其犯罪”。不过，因为特朗普有可能在卸任后被起诉，穆勒说，他“进行了彻底的事实调查，以便在记忆鲜活且有文献资料的情况下将证据保存下来”。

穆勒很清楚，不了解法理的人可能会曲解他的沉默，认为这就是说明总统无罪。他解释说，事实并非如此。“如果经历了彻底的事实调查之后，我们能够确信总统没有妨碍执法公正，我们一定会如实报告。但基于事实和适用的法律标准，我们无法得出这样的结论。因此，尽管这份报告并未得出总统有罪的结论，却也没有说明他无罪。”

但巴尔和特朗普一遍又一遍地说，报告宣称总统无罪。总统没有与俄罗斯勾结，也没有妨碍执法公正，完全无罪。任何一个读过穆勒报告的人都知道这些不过是谎言，是能从唐纳德·特朗普口中说出来的那种谎言。但让人难以预料的是，这样的谎言居然也会从美国司法部部长的口中说出。

但从某个角度来讲，特朗普和巴尔很难被指责，因为他们就是那种性情中人。而至少有一些责任应该归咎于穆勒这个与特朗普和巴尔截然不同的人，这听起来可能有些奇怪。实际上，罗伯特·穆勒的选择给特朗普和巴尔制造了误导美国人民的机会。

穆勒想公平公正，想秉持原则，他就是这样的人。如果他受到“司法部不能起诉现任总统”这条规则的约束——他说他确实如此——那么出具报告指控特朗普犯下了他无法通过庭审上诉为自己辩护的罪行，就是不公平的。更好的做法是，为国会和未来的检察官搜集证据。穆勒确实这样做了，但在搜集证据的过程中，他犯了一个错误（尽管他一直试图避免这样的错误），并付出了巨大代价，那就是使民众完全陷入混沌，对司法部失去信任。

穆勒搜集到的详尽证据实际上已经是在指控总统妨碍执法公正了。是的，尽管巴尔和罗森斯坦声称总统缺乏必要的犯罪意图（调查火速开展，且并没有询问特朗普本人），但报告细节翔实，调查详尽，罪证确凿。该报告公布之后，数百名前联邦检察官也公开表示的确如此。

然而，不知何故，穆勒选择了一种对特朗普和司法部都不公平的做法。他的报告用极具破坏性的细节抹黑了总统，但他既没有正式指控总统，也没有为总统开脱。如此一来，他成功地让民众感到困惑，也让自己的工作被多方任意曲解，而他的调查报告的形式更是火上浇油。

用温斯顿·丘吉尔的话说：“这份报告的长度令人失去了阅读欲望。”很少有人能读完这份以 Times New Roman 字体写就，单倍行距、小四号字、共 448 页的报告，更别说里面还有 2 375 条脚注。即便是稍短一点的执行摘要也几乎没有人会去读。就算以前的人们会读，现在的美国人也不再这样获取信息了。他们更喜欢接收简短的信息，比如语音片段、摘录或者推文。

穆勒选择提交一份详细的报告，这样做非常正确，司法部一直以来也是这样做的。但他提交的报告缺乏可读性（确实也没人读），他也没有对此发表任何看法（几个月之后，穆勒才在证词中说道“我建议你看一下这份报告”，但这句话对公众理解报告毫无帮助）。与他相反，威廉·巴尔写给国会的信言简意赅，还将自己的看法一五一十地公开告知了美国人民。善良的美国人民并不知道巴尔在欺骗他们，也不知道巴尔与特朗普一起说谎，所以情有可原。在某种程度上，这是罗伯特·穆勒和他的团队的错。

穆勒之前在驳回巴尔第一封胡说八道的信件时用温和的措辞写道，他的使命是“确保公众对调查结果充分信任”。如果是这样，那么他有责任以一种能使民众充分信任的方式完成自己的工作。人们不可能对自己不知道的东西有信心。我个人的经验告诉我，评头论足总是发生在事后，因此我不愿做事后诸葛亮，去评论穆勒的所作所为，但他本可以用美国人民能够看懂的方式传达信息，而不是用一份 400 多页还夹杂着脚注的报告。司法部的政策和传统给了他足够的灵活性，使他可以用公众感兴趣的方式公布信息，但他选择了不去这样做。最后，大多数美国人听到的是彻头彻尾的谎言，没有真相，没有透明度，司法部为此付出了失去民众信任的巨大代价。

去年，司法部称，穆勒报告中保密的内容仍然不为大众所知，但华盛顿的一名联邦法官拒绝接受这一说法。从本质上讲，法官是在告诉司法部的检察官们，巴尔的行为让他无法继续相信司法部。

法院无法协调司法部部长巴尔的公开讲话与穆勒报告的调查结果之间的矛盾之处。司法部部长巴尔发表声明之时，民众还不知道穆勒这份模糊了部分信息的调查报告，因此无法评估其声明的真实性。穆勒报告中的部分内容与司法部部长的声明不一致，这让法庭严重质疑司法部部长巴尔是否故意影响有关穆勒报告的公众言论，使之有利于特朗普总统，尽管报告中的某些结论对特朗普总统不利。

巴尔的行动改变了法官对司法部的看法："总的来说，司法部部长巴尔的不坦率做法让人对其本身的可信度产生了质疑，进而损害了司法部的信誉……"

信任池里的水倾泻而出，面临耗竭。

2017 年 11 月，在我被解雇 6 个月后，迈克尔·弗林认罪，承认他在联邦调查局的调查中说谎，他同意与穆勒手下的检察官合作，以换取联邦调查局不对他的其他罪名提起诉讼，以及减刑的可能性。在接下来的两年里，他在两名不同的联邦法官面前承认说谎，并表示他是有意为之，愿意伏法认罪。原来他没有喝醉，也没有什么脑部疾病。他厚颜无耻地说谎，只是因为他觉得总统想要他这么做。

穆勒的报告解释说，当弗林与俄罗斯人谈论有关奥巴马实施制裁的事情首次被报道出来时，特朗普表现得很愤怒。他问："这到底是怎么回事？"他的反应很有意思，因为他应该知道是怎么回事。但白宫幕僚长尽职尽责，他告诉弗林特朗普很生气，建议“把这件事按下去”。弗林确实这样做了，他让另一名白宫助手不要在记者面前承认这件事，而要说他从来没有与俄罗斯人谈论过制裁的事。弗林始终坚持这一点，在接受联邦调查局调查时也是如此。

随后，2020 年 5 月 7 日，新冠肺炎疫情期间，由巴尔掌权的司法部驳回了对弗林定罪的决定，称弗林说过的谎言对联邦调查局依法调查的案件来说构不成“实质性证据”。这份文件的唯一签署人产生于政治任命，是当时哥伦比亚特区的代理联邦检察官，几周前他还是司法部部长巴尔的私人助理。两年间一直负责处理该案的几名检察官拒绝签署该文件，其中一名退出了案件调查。

威廉·巴尔精心挑选的代表所提出的论点，用初审法院任命的一名前联邦法官的话来说，“非常不合常规，很明显是借口”，能够“构成公诉人滥用职权的明确证据。驳回弗林的定罪决定完全基于他是特朗普总统的政治盟友，而他们想将这伪装成合法行为，这种做法完全不能让人信服”。

这位现已退休的法官总结了政府新声明的荒谬之处。

> 弗林接受联邦调查局调查时，联邦调查局正在就特朗普竞选团队相关个人是否与俄罗斯政府有关联一案进行反情报调查。弗林是特朗普的竞选顾问，与克里姆林宫的“主要国际宣传渠道”有联系，他曾向在美的俄罗斯高级政府官员提

出通过不寻常的秘密途径交流，然后向美国高级官员隐瞒了这些通信信息。联邦调查局反复询问弗林相关通信信息时，他选择了说谎，就像他曾对各位白宫高级官员说谎一样。这是检察官、法庭或陪审团能看到的最直观的实质性案件。

政府的新立场在很多方面都难以理解，但其动机并不难理解。自 2017 年特朗普总统让我“放下这件事”以来，他一直试图在司法部内部寻找盟友，希望他的盟友能在涉及他朋友的案件中对他唯命是从。为了弗林的案子，特朗普在媒体上掀起了一场风暴，他发布或转发了 100 多条推文，明确表示他正在密切关注弗林的案件，他讨厌那些调查、起诉弗林的人，称他们为“肮脏至极的联邦调查局高层”，想让司法部就此罢手。总统一直说，这就是场骗局，是为了诱捕弗林而设，弗林很可能没有说谎——尽管特朗普因为弗林撒谎而解雇了他。

为弗林而发起的这场推特风暴非常有先见之明，好像预测到了司法部会放弃起诉弗林，而这种做法在司法部历史上尚无先例。就好像这个剧本是特朗普写的一样，但写得太烂了，用那位退休法官的话来说，它“充满了令人费解的、基本的法律和事实错误”。烂不烂先不说，但这确实是特朗普第二次成功改变司法部对他身边的人的刑事判决。

在 2020 年早些时候，特朗普在推特上敦促司法部为跟随他很长时间的竞选助手罗杰·斯通减刑。罗杰·斯通在针对 2016 年俄罗斯干预大选一案的调查中对特别检察官和国会说谎，因此获罪。司法部部长巴尔公开感叹，特朗普关于未决案件的“公共声明和推特让我无法开展工作，无法向法院和手下的检察官们保证，我们的工作是公平公正的”。不过，如果仔细观察就会发现，巴尔这番话的意思是，特朗普将自己的想法公之于众，这让他很难完成特朗普的要求。执法应该是公正的，不受任何政治党派因素影响。即便是总统的朋友也不应该得到特殊优待。

巴尔罢免了备受尊敬的华盛顿联邦检察官刘洁西，任命他的下属担任代理联邦检察官。随后，特朗普公开要求为其朋友斯通减刑。新任代理联邦检察官立刻撤走好几名职业检察官，在没有正当理由的情况下，大幅缩短了斯通的刑期。这是另一个前所未有的举动，而且是为了维护总统的亲信。值得称赞的是，负责本案的职业检察官拒绝继续参与案件并退出了诉讼，4 人中有 1 人辞职。但巴尔和他的手下依旧我行我素，因为这是总统的要求。

对司法部的侮辱并没有结束，因为唐纳德·特朗普冒不起让罗杰·斯通入狱的风险——斯通知道得太多了。斯通的最终刑期比职业检察官主诉的刑期要短，但他依旧被判处三年监禁。量刑法官解释说，斯通“因帮总统掩盖问题而被起诉”。他所犯下的罪行十分严重，法官解释道，因为“真相依旧存在，真相依旧重要。罗杰·斯通否认了真相的存在。他生性好斗，还为自己的谎言沾沾自喜，这些对我们的根本制度造成了威胁，对我们的民主之基造成了威胁”。

斯通可能显得好斗了些，但他期望能凭借帮助特朗普阻碍执法公正换来一些东西，只是他想得到的东西并不来自法官。在他因说谎保护特朗普而入狱的前几天，他对一名采访者说：“在竞选期间，我与特朗普进行了29或30次对话。他知道我压力巨大，如果我选择背叛他，将会大大改善我的处境，但我没有。他们想让我演犹大，但我不会这样做。”斯通支持特朗普，他为特朗普说谎，并期望得到他的照拂。

一个小时后，特朗普回报了斯通，为他争取了减刑，这样他就不需要坐牢了。这无疑是对美国执法系统的一次巨大冲击，连特朗普那忠诚的司法部部长威廉·巴尔都表示自己曾反对总统的做法，并且认为原本对斯通的判决“是公正的”。罗伯特·穆勒也不再沉默，他写了一篇评论文章，其中写道：尽管遭到巴尔的含沙射影，特朗普的不断攻击，但对斯通的调查依旧合法且重要。斯通在他是否联系过俄罗斯情报官员这一点上说了谎，穆勒认为，这种行为“极大地打击了政府寻找真相、使犯罪者伏法的努力”。然而，无论如何，罗杰·斯通已经获得自由。

通过斯通和弗林的案子，特朗普和巴尔改变了执法体系。正义女神的眼罩不见了，换上了一顶MAGA[①]帽子。

---

① MAGA是“Make America Great Again”（“让美国再次伟大”）的缩写，这是特朗普的竞选口号。——编者注

第十六章
用谎言编织成网

> “谣言传得很快，真相一瘸一拐地跟在它后面。等人们发现自己被骗的时候，已经晚了。”
>
> ——乔纳森·斯威夫特

我和唐纳德·特朗普永远不可能和谐共存。我们俩截然不同。我从过往经历中认识到，要永远披露完整真相，无论是毒贩口袋里的现金面额问题，证人保护计划里的证人重婚问题，还是匪徒手上的联邦调查局纪念表，我都要公之于众。我认识到，永远不要为我不能完全信任的政府辩护。与此同时，特朗普在他的职业道路上采取了完全不同的方式。他的捉刀者曾在《特朗普自传》中写道：

稍微夸张一点也没什么坏处。人们想要相信某种东西是最大、最好、最壮观的。我称之为“真实的夸张”。这是一种无害的夸大，是非常有效的推广方式。

我成长的职业环境告诉我，一星半点的夸张都会带来问题，因为这就是说谎。可能像他这样的地产商觉得夸大一些自己大楼的高度没什么，但在司法部，这就是绝对的犯罪，并不是什么有效的推广方式。

我成长的职业环境告诉我，司法部的运作要依靠美国人民的信任。我们所做的每件事都是为了培养这种信任。我们将所有工作细节告知人民，这样人民会将我们视为独立、诚实的个体，这样他们无论是在自己家里还是在法庭上都会相信我们。我们向人们解释为什么我们会出现在黑人社区追查枪支犯罪来解救生命，我们也听取人们的担忧和疑问。我们促使证人说出那些不为人知的事情。我们知道，谎言会对执法体系的核心带来威胁。

我成长的职业环境告诉我，司法部的人也是人，也会犯错误。为了保护我们的信任池，我们需要承认自己所犯的错误，无论是我们记错了先例，还是因背景调查的失误让某个种族主义疯子拿到了枪，又或是夸大了实验比对结果而导致无辜的人入狱。这些事情令人痛苦，但美国人民对我们的看法是重中之重，所以我们必须告诉他们全部真相。我们努力不重复犯错，因为司法部的根基便是做正确的事。

唐纳德·特朗普无法理解这样一个机构。他的生活，他全部的职业生涯关注的都是“看起来是什么样”而不是“实际上是什么样”。重要的是交易是否达成，他是否挣到了钱。需要他说什么，他就说什么，因为赢就是一切。也许这家银行、那个承包商或者某个员工决定再也不与他合作，但总会有其他银行、其他承包商、其他员工与他合作。现在就赢才是最重要的。

但我不同。在我成长的职业环境里，赢并不是最重要的。司法部的立身准则不同寻常，就连最高法院在 1935 年（伯格诉合众国一案）描述联邦检察官职责的时候，都承认这确实不太寻常。

> 从某种特殊却非常明确的意义上来说，检察官是法律的仆人，他们秉持两个目标：有罪者不能逃脱制裁，无罪者不能妄遭灾祸。检察官的起诉要认真有力，他应该这样做。然而，他们可以严厉地打击犯罪行为，却无权采用不正当手段打击犯罪行为。检察官应使用一切合法手段来实现公正判罚，同时应避免使用不正当的方法确定不正当的判罚，这两者同等重要。

在我成长的职业环境里，执法权的行使不应考虑对象是否为特权阶层，是否为特定种族，是否与某个大人物有关系。在司法部，工作永远不可能关乎友谊或忠诚，否则我们将再也无法得到民众的信任。在司法部，我努力工作以维护这种信念。担任纽约南区联邦检察官时，我努力让手下的检察官们相信，我们不是华盛顿那些政治群体的一部分。美国人民质疑我们的独立性时，我们任命特别检察官来独立处理案件。那时候，总统知道不能特别关注某个特定案件，也不能为了自己或某个朋友而插手司法部的工作。

在绿厅的那张小餐桌上，司法部的这一切都受到了威胁。美国总统对那些“从某种特殊却非常明确的意义上来说”是法律仆人的人不感兴趣，他想要忠诚，他希望被效忠，而不是司法部的人“没有恐惧或偏爱，没有喜好或厌恶”的古老承诺。在他看来，这不过是失败者的言论而已。

特朗普花了两年时间打造了一个他想要的司法部。他让我放过弗林，我不愿意听他的。他两次让我公开宣布他没有被调查，当时确实如此，但这样做极具误导性，而且可能很快就会被识破，于是我拒绝了。他解雇了我，任命了一位特别检察官。他锲而不舍，想要干预特别检察官的工作，又把矛头对准联邦调查局，还感叹他的第一任司法部部长杰夫·塞申斯太软弱，不肯执行他的命令。

2018年年底，他解雇了塞申斯，最终找到了他想要的人——威廉·巴尔。巴尔曾在老布什总统任内出任司法部部长和副部长，随后在一家大型上市公司担任总法律顾问。与其他司法部同僚一样，我当时公开表示，考虑到巴尔在20世纪80年代和90年代曾在司法部任职，他不应被怀疑。但我低估了以下两点。

第一，我没有注意到，巴尔从未调查或起诉过一起案件，他只在司法部担任过高级职务，但并未从底层做起，因此没有机会以年轻检察官的身份从错误中吸取教训。然而，正是这些错误让我们了解司法部在美国人民生活中所扮演的角色，知道自己所代表的是一种理念，而不是某个客户。

第二，在被提名之前，巴尔以普通公民的身份主动向司法部提交了一份备忘录，批评特别检察官对总统展开妨碍执法公正的调查，这在某种程度上，相当于他申请该职位的投名状。我当时并未正确意识到这件事情的重要性。

也许我们还是可以相信巴尔身上并无疑点，但这种信任很快就会烟消云散。因为这个人会对总统效忠。当特朗普想让他放手的时候，他就会放手；当特朗普想诋毁司法部的时候，他就会污蔑自己所在的机构。

我不知道巴尔为什么会这样做。我可能永远也不会知道。一个功成名就的律师怎么能引导总统说出“没有勾结”和联邦调查局“窃听”这类字眼呢？还通过不太恰当的媒体评论暗示政府在调查俄罗斯干预大选一案中的行为是不合法的，尽管特朗普自己的监察长和由共和党控制的参议院情报特别委员会均表示事实并非如此。用参议院的话说，特朗普的竞选团队主席就是“一个非常严重的反情报威胁”。他还将总统妨碍执法公正的行为淡化为“沮丧和愤怒”的产物。每天被起诉的案件中有数以千计的沮丧和愤怒的产物，怎么没见他去为这些辩护呢？

巴尔针对穆勒的报告写给国会的信以及所发表的讲话太具误导性，以至引发了穆勒本人的书面抗议。他是怎么写下这些话，说出这些话的？他怎么能亲自要求对总统的朋友罗杰·斯通宽大处理，又在毫无证据且迈克尔·弗林本人两次认罪的情况下，下令撤销对他的指控呢？这两名特朗普团队“英豪”所享受的待遇，从古至今没有任何一个被告享受过。

我不知道背后的原因。人性太复杂了，所以答案可能也很复杂。但最近几个月，我密切观察特朗普的行为，也观察他如何影响别人，这些观察让我得出了一些结论。不道德的领导者总有办法激起周围人的阴暗面，不过有时也会激起另一面。比如，当特朗普放弃我们在叙利亚被困的库尔德盟友时，前国防部长詹姆斯·马蒂斯觉得他毫无原则，愤而辞职。特朗普完全无法理解马蒂斯辞职的原因，他花了好几天才搞明白发生了什么，然后开始诋毁这个人。

但更常见的是，与一个不道德的领导过从甚密，自己也会逐渐偏离道德的轨道。我认为至少在巴尔身上确实如此。尽管巴尔功成名就，但他内心并不坚定，所以会为了在特朗普政府留任一再向他妥协。一次又一次的妥协累积起来，所造成的破坏是永远无法弥补的，对他们所领导的政府机构也造成了损害。要想避免造成这样的损害，只有马蒂斯那样的人才行。

一开始，每当特朗普说谎的时候，大家就保持沉默，无论是在公开场合还是私下里都是这样。沉默让他身边的人成了他的同谋。在与他会面的过程中，他总是强调“每个人都是这么想的”，“显然是真的”。因为他是总统，而且他几乎一直在说话，所以并没有人挑战他的说法，我们在绿厅吃饭时就是如此。结果，特朗普把在场所有人都变成了他无声的同谋。

特朗普滔滔不绝地说着，没有给其他人留插话的空间，于是所有人都变成了他的同谋，至少他是这么想的。我感觉到，总统用他的话语织成了一张另类现实的大网，忙着把屋子里的所有人都裹挟进去。他说他的就职典礼是史上人数最多的一次，因为我没反驳他，所以我一定是认同了他的说法。每个人肯定都同意，他受到了非常不公正的对待。这张大网一直在织，从未停止。

紧接着，他不再满意这个私人的同谋圈子，他开始在内阁会议等公开场合寻求私人效忠。当着全世界的面，他的下属要赞扬领导多么了不起，与他共事是多么荣耀的一件事情。在座的其他人也一样。当然，他们一定注意到了马蒂斯从未赞扬过总统，马蒂斯总是说自己为能代表军队中的男男女女感到非常荣幸。但马蒂斯是个例，对吧？毕竟他是前海军陆战队将军。剩下的人不可能逃离这个圈子，所以他们只能开口称赞，在全世界面前称赞，于是这张大网又收紧了一些。

接下来，特朗普便开始攻击他们所在的机构和所珍视的价值观——那些他们总说需要保护的东西，他们批评过去的领导人未能给予足够支持的东西。然而此时，他们依旧保持着沉默。毕竟，他们能说些什么呢？他可是美国总统啊。

他们感觉不太对，开始感到担忧，至少某种程度上有点担忧。但特朗普的肆无忌惮让他们觉得自己必须留下来，保护美国人民，保护政府机构，保护他们所珍视的价值观。和他们一样的还有国会的共和党议员。他们告诉自己，他们太重要了，这个国家不能没有他们，至少现在不能。

这句话，他们不敢大声说出口，可能对家人都不行。但在紧急时期，在国家由一个不道德的人领导的情况下，他们这是在做出自己的贡献，为美国牺牲自我。他们比唐纳德·特朗普聪明得多，他们愿意为国家长期战斗，做别人做不到的事情。

当然，要想留下来，他们必须得被特朗普看作自己人，所以只能进一步妥协。他们说特朗普所说的话，赞扬他的领导能力，吹嘘他对价值观的坚守，给他的朋友以特殊优待。直到有一天，他们自己迷失了，他们所代表的机构也被玷污了。

他们中的一个就是美国司法部部长。面对在广场上行使宪法第一修正案中规定的权利的抗议者，他下令动用暴力和有毒化学物品来清场，只为总统能去教堂拿着《圣经》出现在镜头前。也许他已经迷失了，而司法部，那个致力于追求真理、透明，追求美国人民信任的司法部，也变得更加肮脏。

我必须承认，我被解雇之后真的松了一口气。我终于可以远离唐纳德·特朗普和他那用谎言编织的大网，不用再从个人层面到机构层面都一再进行妥协。我也不用再负责领导整个联邦调查局应对污蔑和谩骂，这些负面声音起先是来自特朗普，后来来自他的第二任司法部部长。当然，被解雇带来的些许解脱之感还伴随着深深的内疚：我要离开我关心的人和机构，无法再保护他们了；我再也不可能完成改变联邦调查局的面貌和领导方式的任务了。我曾打算留下，尽管我十分不愿在特朗普手下工作，但我想站在我的员工与这个非常不道德的总统之间，发挥一点点缓冲作用。司法部没有任何一个领导有能力和意愿保护联邦调查局。司法部部长塞申斯被特朗普逼成了无关紧要的人，副部长罗德·罗森斯坦本来已经同意了特朗普的要求，准备用备忘录来掩盖我被解雇的真相，只是担心会面对那些刻薄的推文。所以，此时离开联邦调查局，我感到非常内疚，而当我意识到我可能再也回不去了，顿觉悲伤不已。

在我被解雇后，很多联邦调查局员工给我寄来了卡片、信件和礼物。其中一名员工还制作了印着“科米是我的家人”的咖啡杯，在同事中很是畅销，以至于后来她被告知不能再使用联邦调查局的电子邮件接受订单，因为数以千计的订单量已经远远超过了联邦调查局内部条例允许的数量。最让我感动的礼物并不是关于我的，而是关于我们心爱的救援犬本吉的。它是一条流浪狗，可能有梗犬的基因。我们在弗吉尼亚的领养犬舍领养了它。在我担任联邦调查局局长期间，它总是溜出大门，翻墙出去到街上玩，但每次都会被骑摩托车或慢跑的人送回来，这些场景都被监控录像录了下来。4 年里，我的安保队员数次看着它跑出门去，于是送了我们一本影集，里面记录的都是它跑出去的瞬间。2018 年，本吉去世了，这本影集成了我们家的传家之宝。正是这些人，让我对被解雇这件事感到非常悲伤。

我很难过，但我安慰自己说没关系，无论如何我也干不长。我不可能与一个撒谎像呼吸一样自然的总统长期共事。尤其是看到特朗普任命的司法部部长竟然会攻击自己所领导的机构的信誉，会满足总统的一切要求，哪怕司法部要为此付出巨大的代价，我知道我做不了这份工作。如果总统和司法部部长在联邦调查局的问题上说谎，诽谤联邦调查局的员工，我一定会站出来维护。所以，我早晚都会被解雇的。

许多美国人认为，司法部和联邦调查局是那个腐坏堕落的“幕后政府”的一部分，目的是威胁唐纳德·特朗普的竞选资格和总统之位。他们中的许多人都觉得我是个坏警察，是个指挥了叛国行动的不诚实的领导者。他们相信这一点，是因为有人就是这么告诉他们的，美国总统本人对他们说了上百次，其支持者又重复了上千次，这些支持者中包括他的最后一任司法部部长。他们相信这一点，尽管这种说法根本站不住脚，因为在2016年，民主党人更有理由认为我们在展开与特朗普相关的秘密调查时，其实是想对希拉里·克林顿造成伤害——当然这也是错的。他们相信这一点，即便反复调查之后发现并没有这样的事情。他们相信这一点，是因为特朗普和威廉·巴尔总是承诺“下一次调查”会找到证据。到那时，我和其他“坏人”就会像特朗普一次又一次要求的那样，被扔进监狱。美国大众经常听到这样的话，我的岳母住在艾奥瓦州的老年公寓里，她爱看福克斯新闻，经常担心我被捕。无论我笑着告诉她多少次，这些都是编的，都是谎言，她依然会担心。我知道这是为什么。弗拉基米尔·列宁从未访问过艾奥瓦州，但他知道：“谎言重复的次数多了，就会成为事实。”

耗竭信任池的，不仅仅是威廉·巴尔关于穆勒报告的谎言，以及为了帮助特朗普的朋友而采取的干预手段。4年来，针对联邦调查局和司法部员工的谎言也对信任池造成了损害。当福克斯新闻的名人或是某个国会议员对两名有婚外情的联邦调查局员工之间的短信内容大加曲解，暗示联邦调查局的行动有党派动机时

（尽管独立监察长经过彻底调查之后，发现并没有这样的事情），信任池的水位就会下降一点。当总统说谎，说我向媒体披露了机密信息时，信任池的水位会再下降一点。当司法部部长说他不相信监察长的结论，不相信联邦调查局针对俄罗斯的调查过程是正当的时，信任池的水位继续下降。

20世纪80年代，一位被控犯罪但最终被判无罪的前内阁秘书问道："我应该去哪个办公室恢复我的声誉？"不存在这样的办公室。当司法部不受党派因素影响的价值观受到严重损害，当其工作及员工面临重重谎言，要想再修复，可谓任重而道远。

后记
重建信任池

> “时间的荣耀在于：平息帝王的争斗，揭露谎言，将真相公之于众。”
>
> ——莎士比亚

是的，赢回信任的路途是坎坷的，但我们知道该如何前进，因为司法部曾走过同样的路——要开诚布公。坚守真相和透明就能够赢得民众的信任。信任是可以赢回的，爱德华·列维[①]在45年前就已经指明了方向。

理查德·尼克松任总统的6年里，历经4任司法部部长，这4人中的2人后来因曾为尼克松犯下罪行而被起诉，其中一个人就是他最亲密的朋友、他的竞选经理，也是他的第一任司法部部长。在埃德加·胡佛去世之后，尼克松提名了一位在政治上忠

① 爱德华·列维（1911—2000），曾任芝加哥大学校长，在福特任内出任美国司法部部长。——译者注

于他的人担任联邦调查局局长，并任命他为代理局长，只等参议院批准上任（谢天谢地，参议院后来并没有批准他上任）。“水门事件”发生 11 天之后，白宫顾问给那名联邦调查局代理局长送来一摞文件，解释说这些都是从 E. 霍华德·亨特的白宫保险柜中拿出来的。亨特一手策划了“水门事件”，负责帮尼克松处理那些肮脏事。白宫顾问把东西给代理局长拿过来，让他处理掉。这名代理局长听从了指令，在自己位于康涅狄格的家中的壁炉里把它们烧了。他还把联邦调查局掌握的有关“水门事件”的信息告诉了白宫，后来他承认，他没有意识到自己正在打交道的人，正是试图把他卷入这场调查风波的人。他称这种情况为“一个疯子的恐怖之处”。

尼克松总统想利用联邦调查局和中央情报局结束对“水门事件”的调查。

但他没能得逞，于是他解雇了负责调查他的特别检察官，导致了“周六夜大屠杀”，司法部部长和副部长拒绝执行他的命令，愤而辞职。

“水门事件”并非唯一污点。与此同时，美国民众了解到联邦调查局数十年来滥用其调查和监控权力，骚扰民权领袖、反战抗议者和学生团体。民众还发现，联邦调查局甚至试图威胁马丁·路德·金，逼迫他自杀。

在理查德·尼克松辞去总统职务时，美国司法部内部已污垢重重，失去了美国民众的信任。

尼克松引咎辞职后，杰拉尔德·福特继任总统。他知道，重建法治，恢复公正的执法体系是他的首要任务。他联系到当时不在政府内部任职的爱德华·列维，邀请这位当时已 63 岁的终身法律教授、备受尊敬的芝加哥大学校长出任司法部部长，拯救司法部。这个举动很不寻常，列维的政治倾向并不明确。《纽约时报》当时写道："有些媒体会疑惑他到底是保守党、自由党还是自由主义者。两年后他离任时，这个问题的答案依旧不明朗，但这个问题似乎并不重要。"从一开始，福特总统就不关心列维到底属于哪个党派。历经多年党派腐蚀之后，他需要一个有原则、有地位的人来重建司法部。

列维知道这有多难。他承认，他上任时，"美国正处于一个变革的时代，民众对司法部的质疑破坏力极大，社会整体对执法系统悲观绝望"。对列维来讲，公众对司法部的信任才是一切。他说，最糟糕的情况莫过于无法"用言行说明，我们的法律不是党派斗争的工具，法律的执行不能凌驾于普世价值之上"。

列维说得出，做得到。他走遍了全国，不断谈论司法部，承认司法部的缺点，并解释他打算强调并保护的价值观。他召集所有地区的联邦检察官，告诉他们："加强公众对司法部的信任不是作秀，尤其是在信任已经受损的前提下。现在最重要的是执法的公平性与效率，最重要的是我们实事求是地处理问题的意愿……以及如何重新审视我们的工作。"

他重新审视了司法部的工作，然后对眼之所见感到震惊，尤其是联邦调查局打着"反情报计划"的名头，针对那些据称有颠覆政权意图的美国公民和组织所采取的行动。"这些调查即便称不上荒谬至极，也让人愤怒不已。”他说。他推动披露联邦调查局的调查行动，还出具了有史以来第一份规范联邦调查局侦查策略范围（比如针对国内政治团体的监控和调查）的准则。根据“列维准则”，大部分联邦调查局内部的政治调查都终止了，尽管法院和法条并没对此做出要求。20 世纪 70 年代晚期，国内组织的渗透活动尚未被视为对合法权利的侵犯。但列维依然认为，自我约束对获取公众信任来说至关重要。因此，他将这样的准则强加给胡佛建立的联邦调查局。此外，他还支持修改法律，支持通过立法规范政府在涉及国家安全问题的案件中实施的监控行为，这直接促成了《外国情报监视法案》的诞生。

然而，仅改变规则和实施新的培训是不够的，他必须改变组织文化，这是决定着所有人类组织发展方向的强大的、无形的力量。每个组织都受到其组织文化的影响。专家把组织文化分为三个层面：物品、共同信仰和潜在规则。物品是人工制作的，是组织的象征和标志，比如旗帜、创始性文件、口号、仪式等，离老远就能看见。共同信仰是组织自称其代表的东西，比如使命宣言、价值观、规章等，也是从外面就能看得见的。但潜在规则是组织文化的基石，是这个组织内部的行事方式。无论培训的时候讲得多么花哨，无论招聘海报和迎新讲座上讲了些什么，一个组织的潜在规则只有在你深入其中工作一段时间以后才能了解到。健康的组织明白潜在规则的力量，并努力确保这些潜在规则与其象征、规章和宣讲内容相一致，确保“这里真的是这样行事的”，这才是有德的领导人所希望看到的。

列维不得不改变规章，并在司法部内部将其张贴出来，还在演讲中不断宣传核心价值观。但这还不足以触及潜在规则，以及那些不言而喻、未被注意的东西。想通过命令司法部员工保持党派中立来维护司法部的中立，就好像通过让孩子阅读刑法来培养他们的良好品行一样，是远远不够的。他们得知道你是认真的。只有看到你亲身实践了，他们才会相信培训的内容。列维得以身作则，聘用这样的人，创造这样的环境，蹚出这样的路。每时每刻，无论是在公开场合还是私下里，他都得表里如一，这样人们才能信任他，才会效仿他。这些他全都知道。“从伟大的领导者身上，你能感受到整个组织的精神。”他说。

列维仅仅用了两年就拯救了司法部。吉米·卡特接任福特当上总统以后，列维离职了。他的离职感言令各方都服气。“我相信，司法部现在士气高涨且拥有崇高目标。我们已经证明，执法工作可以是公平的、有效的、不受党派因素影响的。”

尽管很有信心，但列维知道这项工作永远没有尽头，因为他对组织文化的概念再了解不过。文化所带来的挑战在于它看不见、摸不着。一个组织的文化不佳，就像屋里的空气不佳一样。如果你从外部走进这个组织，你会觉得臭气熏天，但很多情况下，里面人却不闻其臭。健康的组织文化需要长久维护，这就是为什么列维离任时会如此强调要公开透明、追求真相、保持独立。“这些目标的达成绝非一劳永逸之举，必须时时注意。我知道你们会坚定不移地遵循这些理念。”

但过去这几年里，司法部的领导们都不太坚定。

在某种程度上，重振司法部很简单。新总统只需要找到一个能让民众感知到组织精神的领导者即可。

与“水门事件”之后的爱德华·列维相比，下一任司法部部长的任务要更容易一些。“水门事件”之后，列维面对的司法部水很深，关于权力使用的潜规则存在诸多问题。历经多年的权力滥用，再加上尼克松政府 6 年的腐败，司法部已千疮百孔。

好消息是，在接下来的近 50 年里，列维和他的继任者所维护的司法部依然保持根基稳固，不涉足党派纷争。唐纳德·特朗普和他的追随者们没有足够的时间摧毁这潭静水。当然，他们促使党派纷争的滔天海浪汹涌而入，但没有足够时间吞噬那些与政治无关的声音。成千上万的司法部职业人员对正确行为方式的潜在认识依然是司法部的基础。

特朗普口中的“幕后政府”并不存在，但司法部确实有些幕后文化，“水门事件”以后，这些文化成了司法部的基石。其中一个表现便是，有几名职业检察官拒绝参与有关特朗普的亲信罗杰·斯通和迈克尔·弗林的腐败案件。司法部的这些职业人员有一套根深蒂固的潜在信仰——追求真相，讲述真相，不恐惧，不偏袒，也不考虑政治因素或特权阶层。司法部和联邦调查局的员工十分渴望回到不受党派纷争搅扰的工作环境中，安安静静地进行执法工作。他们中有成千上万人虽因上级领导而感到苦恼，但仍然坚守在这条道路上。下一任司法部部长要做的就是，鼓励这些安静的英雄，鼓励他们继续做自己。

更大的挑战在于恢复美国民众对司法部的信任。右派势力对司法部的诽谤已深入人心，而左派势力眼看着司法部的高层被特朗普这群人控制。无论美国人民的选举结果如何，下一任司法部部长必须脱离党派纷争，致力于司法部的去政治化运动。他得在福克斯新闻那些名流弄得谣言满天飞的情况下达成这个目标，得在唐纳德·特朗普不断的自我吹嘘中达成这个目标。而要做到这一点，就必须使司法部脱离党派纷争。

现在不是扩大迈克尔·弗林案影响的时候，尽管总统和他的司法部部长为了帮助他们的盟友犯下了暴行。现在也不是司法部对唐纳德·特朗普开展刑事调查的时候，无论特别检察官穆勒留下的证据多么有说服力。尽管这些案件无论如何都需要裁决，但下一任司法部部长的首要任务必须是重塑美国民众对司法部的信任。要让美国民众坚信，司法部不是政治报复的工具。

杰拉尔德·福特赦免了理查德·尼克松，结束了 20 世纪 70 年代美国内部分裂、骂战不断、制度滥用的噩梦。福特很有可能因此而竞选失败，因为人们普遍渴望对一个犯了罪的总统进行追责，但历史证明，福特的做法体现了超前的明智。下一任司法部部长也必须同样具有远见，能看到一个脱离政治纷争的司法部所承担的国家责任。

但我也有可能是错的。有强有力的论据表明，一个法治国家需要对触犯法律的总统进行追责，但当年“水门事件”的情况存在很大的不同：尼克松在罪行曝光之后引咎辞职，他接受了杰拉尔德·福特总统的赦免，最高法院很久之前就说过，这相当于认罪。实际上，在福特的余生中，他的钱包里总是放着 1915 年伯迪克诉合众国一案的最高法院判决书的部分文本。福特赦免了尼克松，就相当于对其进行了问责，而特朗普即便在连任失败后被赦免，也不会被问责。特朗普的情况可能还不足以对他进行问责，除非纽约当地检察官以金融欺诈罪名起诉他。

无论新任总统和他的司法部部长做出怎样的决定，他们都得对全国人民公开。为了重建民众的信任，他们必须公开透明，向美国人民解释他们为什么没有起诉特朗普和相关人员。如果他们选择起诉，选择追查全部或部分未被追究的罪行，他们也应该对此做出解释，以证明这并不是政治报复的一部分。

1974 年，在赦免尼克松一个月后，福特总统站在众议院司法委员会面前作证，这是个非凡之举。他说，这种行为“在总统与国会关系史上还没有前例。然而，我在这里并不是为了创造历史，而是为了汇报历史”。总统独自坐在证人席上，向国会和美国人民解释他赦免尼克松的原因：“我想尽己所能，将我们的注意力从追究一个堕落的总统，转移到追求一个国家的崛起。”

在 1974 年 10 月的证词中，福特总统对他所领导的人民说，也对我们说：

> 如果美国人民在是否应该起诉、审判、惩罚一名前总统，一名注定要在其带给政府的耻辱与羞愧中长期生存的总统这一问题上存在严重分歧，那么我们的注意力就会被不必要地

转移，从而将无法应对那些挑战。但显然，美国人民不是睚眦必报的人民。美国人民有同情之心，也有悲悯之心。自古以来，美国人民都对他人心怀谅解，即便面对的是对美国造成极大破坏的敌人。

然而，原谅他人并不等于忘记教训，忘记恶人带给我们的苦痛。当然，赦免前总统也不会让我们忘记“水门事件”的教训。我们永不能忘，欺骗民众的政府、将反对者视为敌人的政府，是永远、永远不会被美国人民接受的。

无论下一任总统是否赦免唐纳德·特朗普，无论司法部是否追究他的责任，美国人民都应该被告知原因。

各地区的联邦检察官也必须同司法部部长一样，是有德行的领导人，至少要坚持自己的价值观。司法部部长的特点和性格必须反映在美国所有联邦检察官的身上，尤其是在重点地区。他们必须以同样的方式让人们感受到整个组织的精神，利用其与社区更紧密的联系向美国人民保证，在这个民主国家，执法与政治泾渭分明，执法系统值得信任。在社区会议中、在教室里、在新闻发布会上，他们必须向他们服务和保护的人民展示他们的工作和价值观，而与此同时，他们还要与政治团体保持距离，并教育他们的员工也要如此——就像我在司法部所学习到的一样。要让司法部的人理解，任何案件、任何错误、任何问题都不应该危及我们的信任池。

对联邦调查局来说，现任局长应该留下来做完10年任期，因为这10年的任期就是联邦调查局与总统之间保持距离的象征。因为我知道克里斯托弗·雷是个正直的人，所以我觉得他在特朗普的攻击和巴尔的诽谤面前代表联邦调查局保持沉默是一种生存策略，以免给他们借口再炒掉一个局长，然后用一个忠于特朗普的人代替（软弱的共和党参议院肯定会批准其上任）。这是大智慧，但我觉得，对他个人来说，这也意味着巨大的痛苦。

只要雷不被特朗普恶意炒掉，那么他应该会在一个新总统任内，自由充分地宣传联邦调查局的价值观，公开诚实地谈论它的缺点和非凡的优势。但现在他不能这么做，因为他目前的任务是留下来，保护这个组织。联邦调查局的员工正在遭受伤害，需要见到他们的局长，听到他们的局长说话，听局长说他对在特朗普任期内维持联邦调查局的价值观而感到自豪，知道他为改善这个卓越的机构做出的计划，了解他为重建民众信心做出的努力。一旦局长从那名种族主义总统的阴影中脱离出来，他就可以继续完成那项必要的任务，即吸引更多的女性和不同肤色的人来出任联邦探员，担任领导岗位，建设一个赢得所有美国人信任的联邦调查局，这也是挽救联邦调查局的一部分。如果联邦调查局能够与过去彻底决裂，将埃德加·胡佛的名字从总部大楼除去，而以民权偶像约翰·刘易斯的名字命名那栋建筑，这将是一个非常好的开端，也能向美国所有的执法部门发出信号。

是时候让美国跨过这个堕落腐败的总统，转而致力于重建工作了。有很多事情要做，但方法很简单。告诉美国人民真相，所有的真相。告诉他们司法部在做些什么，公开所有成功与失败。作为回报，他们会给予信任。这样，司法部就可以保护美国人民，为这个伟大的国家服务。信任之水一点一滴汇聚，信任池将再次蓄满。

致谢

我要感谢很多人。

首先是我的此生所爱。是她信守承诺，让我们的生活始终充满欢乐和喜悦。她还鼓励我写就此书，帮我捋清思路。

其次是我的家人们。他们非常优秀，不断成长，爱意满满，总是让我笑声不断，还帮我改进自身。

还有我在贾夫林的伙伴，基思 · 厄本和马特 · 拉蒂默，是他们指导我，让我从一开始就变得更好。

我在麦克米伦旗下的 Flatiron 出版社的朋友们，尤其是我的编辑扎克 · 韦格曼，他在新冠肺炎疫情期间优雅、幽默又机智地鞭策我。很遗憾，玛琳娜 · 比特纳不能跟我们一起进行路演宣传了。

以及戴夫 · 凯利、帕特 · 菲茨杰拉德和丹 · 里奇曼，他们对我的指引和友谊我珍视多年，尤其是过去这 4 年，更感珍贵。

最后，我要感谢为司法部奋斗终身、有所建树的所有人。愿你们始终坚持做正确的事。